Larissa Baiter

Bezaubernde Weihnachtsgeschichten

AF176217

Buch

Insgesamt erwarten Sie sieben packende Kurzgeschichten, die Sie garantiert in Weihnachtsstimmung versetzen und zum Nachdenken anregen werden. Was ist wirklich bedeutend im Leben und gerade zur Weihnachtszeit wichtig? Diese Geschichten tragen den Weihnachtsgeist in sich, handeln jedoch nicht von der klassischen Weihnachtsgeschichte mit Jesus und Maria.

Autorin

»Schreiben befreit die Seele und den Geist. Ein gutes Buch kann dich alles andere vergessen lassen.«

Larissa Baiter ist am 25. März 1992 in der Schweiz geboren und aufgewachsen. Sie hat ihr Studium an der ZHAW Winterthur im Bereich Wirtschaftsinformatik im Jahr 2014 abgeschlossen. Seither arbeitet sie hauptberuflich als Softwaretesterin. Ihre große Leidenschaft ist jedoch das Schreiben. Seit ihrer Schulzeit schreibt sie regelmäßig Gedichte und Kurzgeschichten, die einen berühren und fesseln. In ihrer spärlichen Freizeit publiziert sie zudem Artikel und Berichte für diverse Online-Magazine im Bereich Kultur, Konzerte und Gaming.

Das Sammelsurium der Wintergeschichten, ist ihr erstes veröffentlichtes Werk. Weitere werden hoffentlich bald folgen.

Larissa Baiter

Bezaubernde Weihnachtsgeschichten

Kurzgeschichtensammlung

Bibliografische Information der Deutschen Nationalbibliothek: Die Deutsche Nationalbibliothek verzeich-
net diese Publikation in der Deutschen Nationalbiblio-
grafie; detaillierte bibliografische Daten sind im Inter-
net über dnb.dnb.de abrufbar.

ISBN: 978-3-7528-8866-9

Herstellung und Verlag:
BoD - Books on Demand, Norderstedt

9 783752 888669

Für alle, die den Geist der Weihnacht in sich tragen und mit Liebe der Welt begegnen.

❧ *Inhaltsverzeichnis* ❧

❦ *Vorwort* ❦

Liebe Leserinnen und Leser, herzlichen Dank für Ihr Interesse an meinen gesammelten Weihnachtsgeschichten. Die Geschichten sind allesamt um die Weihnachtszeit herum entstanden und bedeuten mir persönlich sehr viel.

Begonnen hat alles im Jahr 2012, als ich die erste Geschichte schrieb. Danach kam jedes Jahr eine weitere dazu. Teilweise sind die Geschichten wie Märchen aufgebaut, andere wiederum sind kurze Erzählungen oder Anekdoten.

Die Geschichten handeln von der Liebe, Freundschaft, Weihnachtswundern und gutem Essen. Sie erzählen von:

- einem einsamen Tannenbaum mit einem großen Traum.

- einem betriebsblinden Patenonkel, auf der Suche nach dem passenden Geschenk.

- einem lebendigen Schneemann auf Zeitreisen.

- einem Engelchen, das den Weihnachtsmann trifft.

- einer alten Liebe, die zu Weihnachten zurückkehrt.
- einem krebskranken Jungen, der auf ein Weihnachtswunder hofft.
- einer übereifrigen Weihnachtselfe.

Mein größter Wunsch wäre es, mit diesen Geschichten Menschen zu erreichen und sie zum Lächeln zu bringen. Daher teile ich diese sehr persönlichen Geschichten mit Ihnen, ihr lieben Leserinnen und Leser, und hoffe, dass sie Ihnen gefallen und die Weihnachtszeit (oder jede andere Jahreszeit, zu der Ihr sie lest) versüßt.

Mit viel Liebe im Herzen,

Larissa

❧ *Der kleine Tannenbaum* ❧

Es war einmal im dunklen Walde, am anderen Ende des Tales, ein kleiner Tannenbaum. Sein Alter zählte nur knappe drei Jahre, doch bald würde ihn der Kuss der Fee erwecken. Die Fee des Waldes war dafür zuständig, das Gleichgewicht der Natur zu wahren sowie Leben und Bewusstsein zu verteilen.

Am Anfang des Tales lag eine Menschensiedlung. Die Bewohner hatten sich schon ein paar Jahrzehnten zuvor dort niedergelassen. Die Menschen mochten den angrenzenden Wald, denn sie fanden in ihm Nahrung, Holz und im Sommer spendeten die hohen Bäume angenehmen Schatten. Am Waldrand wuchsen Beerenbüsche, an denen man sich im Frühling und im Sommer satt essen konnte und im Winter wärmte das Brennholz das Innere der einfachen Hütten. Das ganze Jahr über, konnte man im Wald jagen und der Fluss, der durch den Wald floss, versorgte die Dorfbewohner mit Wasser, welches sie zum

Kochen, Waschen und Trinken brauchten. Es war eine fruchtbare und schöne Gegend.

Das kleine Tannenbäumchen wusste von alle dem noch nichts. Denn die Fee würde erst am Abend zu ihm kommen und ihm ein Bewusstsein geben. Ein Geschenk, welches die Fee allen Tannen zur Vollendung ihres dritten Lebensjahres schenkte. So brach die Abenddämmerung herein und die Fee wagte sich vorsichtig aus ihrem sicheren Unterschlupf. Die Menschen wussten nichts von der Fee im Wald. Zwar wurde sie immer mal wieder von ein paar Kindern, welche sich für Mutproben in der Nacht in den Wald schlichen, gesichtet, jedoch wurde das bei den Menschen als Trugbild und Märchen abgetan. Daher konnte die Fee ungestört im Walde leben und ihrer Arbeit nachgehen.

Geschwind flog sie von Baum zu Baum, über Steine und Bäche hinweg, bis zur kleinen Tanne. Sie fasste in ihren Zauberbeutel hinein, nahm etwas Feenstaub hervor und verstreute ihn. Es dauerte keine Minute, bis der Feenstaub wirkte und die kleine Tanne zum Leben erwachte.

»Wo bin ich? Wer bin ich? Was geschieht mit mir?«, fragte das kleine Bäumchen verdutzt.

»Hallo liebes Tannenbäumchen, gerade noch rechtzeitig, um die letzten Sonnenstrahlen einzufangen, habe ich dich erweckt. Ist die Abenddämmerung nicht schön?«, fragte die Fee erfreut.

»Ja, das ist sie. Aber bitte verrate mir, wer du bist und was das alles zu bedeuten hat«, bat der Neuerweckte.

»Natürlich, wie unhöflich von mir, mich nicht vorzustellen. Ich bin die Fee des Waldes. Ich hüte das Gleichgewicht der Natur und hauche Leben und Bewusstsein in alle Wesen, welche dafür alt genug sind. Heute bist du drei Jahre alt geworden. Hier inmitten deiner Artgenossen, den anderen Tannen, sollst du gedeihen und wachsen. Damit das Leben nicht so eintönig ist, hauchte ich dir ein Bewusstsein ein, das es dir nun erlaubt, mit den anderen Bäumen, den Tieren des Waldes und mit mir zu kommunizieren. Nur die Menschen verstehen deine Sprache nicht. Wenn du versuchen solltest zu ihnen zu sprechen, so werden sie nur ein leichtes Rauschen vernehmen und das Knistern deiner Nadeln hören. Ich hoffe, du verstehst das und bist nicht traurig, wenn die Menschen dir nicht antworten«, schmunzelte die Fee.

»Vielen Dank liebe Fee, ich freue mich sehr darüber, dass du mich erweckt hast und ich diese Welt kennen lernen darf«, freute sich der kleine Tannenbaum.

Um ihn herum gab es einige andere Tannen, die alle älter und größer waren als er. Sie beobachteten das Geschehen und schwiegen. Die Fee verbrachte noch einige Minuten bei der kleinen Tanne, verabschiedete sich jedoch allzu bald, denn ihre Aufgaben musste sie alle noch vor Sonnenaufgang erledigt haben. Flink flog sie durch die Nadelbäume hindurch und in die Dunkelheit davon. Die kleine Tanne blieb zurück.

»Hallo?«, fragte der kleine Tannenbaum zaghaft in die Dunkelheit hinaus. Lange bekam er keine Antwort.

»Hallo, könnt ihr mich hören?«, fragte er hoffnungsvoll.

»Schweig!«, knurrte es von oben herab.

»Oh, Entschuldigung, habe ich euch beim Schlafen gestört?«, fragte das kleine Tännchen eingeschüchtert.

»Wir sind Tannen, wir schlafen nicht. Niemals! Und jetzt lass uns in Ruhe«, erwiderte eine der großen Tannen harsch.

»Ähm ja, natürlich. Ich, wollte nur… also ich, ich wurde eben erst zum Leben erweckt. Habe soeben erst ein Bewusstsein erhalten und das hier ist alles ziemlich neu. Ich freue mich, euch kennenzulernen«, stammelte er.

»Wir freuen uns nicht und jetzt halt endlich die Klappe«, zischte eine andere Tanne bedrohlich.

Die kleine Tanne verstummte. Vollkommen eingeschüchtert und verwundert über die unfreundlichen Artgenossen verbrachte sie den Rest ihrer ersten Nacht schweigend.

Bald schon lernte das Tannenbäumchen, weshalb die größeren Tannen so unfreundlich zu ihm waren. Die Nachbarschaft unter den Nadelbäumen war sehr eng und es herrschte ein ständiger Konkurrenzkampf um die besten Plätze, denn jeder wollte möglichst viel Sonnenlicht erhaschen. Zwar konnten Tannen auch ohne viel Sonnenlicht wachsen, doch mit der Kraft der Sonne wurden sie zu regelrechten Giganten. Die meisten Tannen waren sehr egoistisch und auch etwas eingebildet. Sie hielten sich für unangreifbar, da ihre Spitzen kaum von einem Tier gefressen werden konnten, ganz anders als die schwachen Laubbäume, deren Blätter durch alle möglichen Waldtiere verspeist wurden. Daher war es nicht verwunderlich, dass sie den kleinen Tannenbaum so angingen, denn in ihm sahen sie nur einen weiteren Konkurrenten.

Spannend wurde es zur Winterzeit, denn kurz vor Weihnachten versammelten sich die Menschen und gingen gemeinsam in den Wald. Es war Tradition, den schönsten Tannenbaum des Waldes auszuwählen und ihn in die Dorfmitte mitzunehmen, um ihn dort festlich zu schmücken und dann das Weihnachtsfest gemeinsam zu feiern. Für die Tannen war das die Gelegenheit, sich vor den anderen zu profilieren, denn schließlich wurde nur der schönste Baum mitgenommen. Schon Tage vor dem Ereignis wurde heftig darüber gestritten, wer es wohl dieses Jahr sein würde und jeder rechnete sich selbst die höchsten Chancen aus.

Dann endlich kam der Tag, an dem die Menschen den Wald betraten, auf der Suche nach dem perfekten Tannenbaum. Sie hatten sich mit ihren Kindern zusammen versammelt und wurden von einem starken Mann, mit einer großen Axt angeführt. Sorgfältig durchstreiften sie den Wald auf der Suche nach dem geeigneten Weihnachtsbaum. Sobald sie diesen gefunden hätten, würde er von den Ältesten eingängig untersucht werden, damit ja kein morsches Holz oder krumme Äste vorhanden waren, alles sollte perfekt sein zum Weihnachtsfest.

Die Aufregung unter den Tannenbäumen war groß. Wer würde erwählt werden? Sie tuschelten sich gegenseitig Gemeinheiten zu und lachten hämisch, wenn ein Baum übergangen oder gar nicht geprüft wurde. Keiner gönnte dem anderen die Wahl und das jeweilige Ego war so groß, dass jedes Mal eine kleine Welt zusammenbrach, wenn ein anderer gewählt wurde.

Wenn sich die Ältesten einig waren, wurde die ganze Gemeinde dazu aufgefordert, einen Kreis um die auserwählte Tanne zu bilden. Dann begann das Werk des Anführers, er holte kräftig aus und fällte den auserkorenen Tannenbaum.

Schmerzensschreie erfüllten den Wald. Jeder Schlag mit der schweren Axt in den festen Stamm des Tannenbaumes erschütterte und schmerzte ihn. Er war so stolz auserwählt worden zu sein und die neidischen Kommentare der anderen Tannen erfüllten ihn mit einer unendlichen Genugtuung. Dennoch erlosch langsam sein Leben und die Schmerzensschreie konnte er gegen Ende nicht mehr unterdrücken. Die stolze Tanne verlor ihr Leben und erlitt unerträgliche Qualen dabei. Trotzdem gab es für die Tannen nichts Schöneres, nichts Wichtigeres als diesen Tag. Jede wollte auserwählt werden. Jede wollte Christbaum sein und inmitten des Marktplatzes schön geschmückt stehen.

Das kleine Tannenbäumchen verfolgte die Prozedur mit Staunen. Es flößte ihm Angst ein, die Schmerzensschreie der gefällten Tanne klangen ihm noch Tage danach im Ohr. Es war ihm ein Rätsel, weshalb man so etwas auf sich nehmen wollte und weshalb die anderen Tannen so neidisch waren.

Niemand erklärte ihm, welche Ehre es für eine Tanne war, als Christbaum inmitten der Menschen zu stehen und von ihnen geschmückt zu werden. All das erfuhr er erst durch den Raben. Der Rabe war sein erster Freund. Da die anderen Tannen nicht mit ihm sprachen, fing das kleine Tannenbäumchen irgendwann an, mit den Tieren des Waldes zu reden. Der Rabe war der Erste gewesen, der ihm geantwortet hatte. Sie verstanden sich gut. Der schwarze Federfreund kam die kleine Tanne mehrmals in der Woche besuchen, erzählte ihm von den anderen Teilen des Waldes, seinen Ausflügen und Entdeckungen. Das kleine Tannenbäumchen war ein guter Zuhörer, begierig schnappte es alles auf, was ihm der Rabe erzählte.

Bald schon lauschten auch andere Tiere den Erzählungen des Raben und so wuchs der Freundeskreis immer weiter. Im Gegensatz zu den älteren Tannen war das kleine Tannenbäumchen nicht eingebildet und die Tiere des Waldes mochten es.

Durch den Raben erfuhr das kleine Bäumchen vom Weihnachtsfest. Es hörte gespannt die Weihnachtsgeschichte und lauschte dann den Erzählungen des Raben über die Bräuche der Menschen zu Weihnachten. Es klang wunderschön. Weihnachten war ein Fest der Liebe, es wurde getanzt, gesungen, den Kindern wurden kleine Geschenke gemacht und es wurde zusammen gegessen. Der Mittelpunkt war immer die zuvor gefällte Tanne, welche prachtvoll geschmückt auf dem Dorfplatz errichtet wurde. Die Tanne wurde festlich dekoriert, mit Christbaumkugeln und bunten, kleinen Fähnchen und unter den Zweigen lagen die Geschenke für die Kinder.

Wenn der Rabe erzählte, lauschten die Tiere des Waldes und auch das kleine Tannenbäumchen hörte ihm aufmerksam zu. Langsam verstand es, weshalb all die Tannen sich so in den Mittelpunkt rückten und unbedingt zum Christbaum auserkoren werden wollten. In ihm wuchs der Wunsch, ebenfalls irgendwann so groß und schön zu sein, dass es zum Christbaum gewählt werden würde. Doch gegen die großen Tannen hatte das kleine Tannenbäumchen kaum eine Chance.

So vergingen die Jahre. Das kleine Tannenbäumchen wuchs zwar ein wenig, jedoch fehlte ihm das Durchsetzungsvermögen, um an mehr Sonnenlicht zu gelangen. Sobald das Tännchen versuchte, sich durch die Nadeln einer anderen Tanne zu kämpfen, bekam es das Tannenbäumchen schnell mit der Angst zu tun. Die Tannen verbündeten sich gegen das kleine Tännchen, drängten es zurück und sorgten dafür, dass es nur das Nötigste an Sonnenlicht bekam. Das kleine Tannenbäumchen wurde immer trauriger. Es wollte doch so gerne eine große Tanne werden, um die Chance zu bekommen, als Christbaum auserwählt zu werden.

Jahr für Jahr kamen die Dorfbewohner und suchten sich den schönsten Tannenbaum aus. Jahr für Jahr gingen sie an ihm vorbei. Meist wurde es nicht einmal richtig begutachtet und der Spott der anderen Tannen war ihm Jahr für Jahr gewiss. So sehr es sich auch bemühte, gegen die großen Tannen kam es einfach nicht an. Der einzige Trost war, dass ihm die Schmerzen des Fällens erspart blieben.

Es waren viele Jahre ins Land gezogen und eines Tages, kam der Rabe nicht mehr, er war verstorben. Als ihn diese Nachricht erreichte, weinte der kleine Tannenbaum, er weinte bitterlich. Doch die großen Tannen lachten.

»Endlich ist das nervige Geschnatter des blöden Vogels vorbei«, höhnten sie.

Den kleinen Tannenbaum trafen diese Worte hart, denn der Rabe war sein erster und bester Freund gewesen. Er hatte das kleine Tannenbäumchen immer wieder aufgemuntert und bekräftigt, in seinem Wunsch, eines Tages als Christbaum auserwählt zu werden. Er war so oft vorbeigeflogen, nur um guten Tag zu sagen oder von seinen Reisen zu erzählen.

Als ob die anderen Tannen Gedanken lesen könnten, sprachen sie: »Hör endlich auf zu flennen, der dumme Vogel hat dir sowieso nur Flausen ins Ohr gesetzt. Du wirst niemals so groß und schön werden wie wir. Dich wird niemals jemand als Christbaum auserwählen.«

Der Mut verließ den kleinen Tannenbaum. Die ganzen Jahre hatte er sich bemüht zu wachsen, hatte er das Beste aus seiner Situation gemacht und doch reichte es nicht. Zu allem Elend war nun auch noch sein bester Freund für immer fort. Der kleine Tannenbaum weinte bis tief in die Nacht hinein.

Die Fee, welche dem Bäumchen vor Jahren das Bewusstsein geschenkt hatte, vernahm auf ihrem nächtlichen Rundgang die wimmernden Laute der kleinen Tanne. Rasch flog sie in deren Richtung.

»Was ist denn los kleine Tanne, weshalb weinst du denn so bitterlich?«, fragte die Fee einfühlsam.

»Mein bester Freund ist tot«, klagte der kleine Tannenbaum.

»Das tut mir leid zu hören, ja der Rabe war dir ein treuer Freund, ich hörte, er kam dich oft besuchen«, versuchte die Fee ihn zu trösten.

»Er war der beste Freund! Und ohne ihn werde ich es niemals schaffen, ein Christbaum zu werden!«, stieß der kleine Tannenbaum hervor.

»Soso, ein Christbaum möchtest du also sein?«, fragte die Fee forschend.

»Ja liebe Fee, ein Christbaum möchte ich sein. Einmal möchte ich von allen bewundert und einmal nicht von den anderen Tannen belächelt werden«, sagte er.

Die Fee runzelte die Stirn. Ihr war zwar zu Ohren gekommen, dass es der kleine Tannenbaum nicht leicht hatte, doch dass er so verzweifelt war, hatte sie nicht gewusst. Sie überlegte, wie sie ihm helfen könnte. Sie hatte keinen Einfluss auf die Menschen, doch irgendetwas musste geschehen. Den Raben zurückzubringen, würde gegen die Natur verstoßen und diese Naturgesetze durfte sie unter keinen Umständen brechen, auch wenn ihr der Rabe selbst fehlte. Plötzlich kam ihr eine Idee.

»Hör auf zu weinen, ich werde dir helfen«, versprach sie ihm.

Dann huschte sie davon und trommelte die

Tiere des Waldes zusammen. Es gab viel zu tun, alle mussten mithelfen. Über Nacht schmückte die Fee zusammen mit den Tieren den kleinen Tannenbaum. Sie benutzten alles, was sie finden konnten. Vor allem die Waschbären und Marder waren dabei äußerst hilfreich, da sie am geschicktesten allen möglichen Kleinkrams zusammen stibitzten. Sogar die Elster half mit. Sie holte das glänzendste Ding aus ihrer Sammlung und übergab es der Fee. Die Fee schmückte das kleine Bäumchen mit bunten Stofffetzen, welche an den Büschen des Waldes hängen geblieben waren, mit bunten Blumenblüten, den letzten des Jahres und mit allerhand glänzendem Krimskrams, welchen die Tiere ihr brachten.

Die großen Tannen wagten es nicht, der Fee zu widersprechen, und so schwiegen sie. Innerlich platzten sie jedoch vor Neid. Weshalb wurde der kleinen Tanne so eine Ehre zuteil? Sie waren doch viel größer und schöner!

Als die ersten Sonnenstrahlen durchs Dickicht drangen, verschwand die kleine Fee zurück in ihr sicheres Versteck. Gerade noch rechtzeitig, denn heute war der Tag, an dem der Christbaum von den Menschen ausgesucht werden sollte. Sie hatten sich wie jedes Jahr versammelt und wurden von ihrem Anführer durch den Wald geleitet. Wie gewohnt betrachteten die Ältesten die Bäume und berieten sich. Eingängig wurden die Tannen geprüft. Plötzlich entdeckten sie den kleinen Tannenbaum. Verwundert scharten sich alle Menschen um ihn und betrachteten staunend seine geschmückten Äste.

»Dieser kleine Tannenbaum ist ja schon festlich geschmückt! Wie schön er aussieht und wie einzigartig er dasteht«, rief eine der Ältesten aus. Der Anführer der Menschen nickte bedächtig.

»Wie schön er ist«, jubelten die Kinder. Die großen Tannen schnaubten verächtlich. Wie konnten die Menschen es wagen, diesem kleinen Tännchen so viel Aufmerksamkeit zu schenken?

»Ich glaube, dass dies ein Zeichen ist«, sagte der Anführer der Menschen schlussendlich.

»Seit Generationen gehen wir jedes Jahr hier in diesen Wald und holen uns den größten und schönsten Baum für unser Fest. Und jedes Jahr stirbt eine dieser riesigen Tannen für unsere Tradition. Heute soll nun damit Schluss sein. Von nun an, soll keine Tanne mehr für uns gefällt werden!«, sagte der Anführer der Menschen.

Schweigen machte sich breit. Keine Tanne mehr? Keinen Christbaum mehr? Die großen Tannen waren außer sich. Das würde der kleine Tannenbaum ihnen noch büßen. Auch den Menschen schien der Vorschlag des Anführers zu absurd. Leise flüsterte man sich zu, ob das wirklich ernst gemeint war.

Der Anführer ließ sich nicht beirren und fuhr fort: »Da wir von nun an keine Tanne mehr fällen, werden wir stattdessen das Weihnachtsfest in den Wald verlegen. Wir bringen jedes Jahr Tische und Bänke hierher und werden die umliegenden Tannen dekorieren. Diese kleine Tanne hier soll unser Mittelpunkt sein. Unter ihren Ästen sollen jedes Jahr die Geschenke der Kinder liegen und dort drüben auf der kleinen Lichtung, die durch das Fällen der letzten Bäume entstand, soll ein wärmendes Feuer entfacht werden, so dass wir unsere Speisen zubereiten können. Der

Marktplatz soll dennoch festlich geschmückt werden, doch Weihnachten feiern wir ab sofort hier im Walde.«

Und so geschah es. Der kleine Tannenbaum war fortan der Hüter der Geschenke, die Menschen versammelten sich zu Weihnachten allesamt im Walde und keine Tanne wurde mehr für das Fest des Lebens und der Liebe gefällt. Kein Schmerz mehr verursacht. Als den großen Tannen bewusst wurde, was das für sie bedeutete, verfielen sie in peinlich beklommenes Schweigen. Damit konnte der kleine Tannenbaum aber gut umgehen. Er war sehr glücklich über die Geschehnisse. Stolz erfüllte ihn jedes Jahr, an dem er geschmückt wurde und die Geschenke unter ihn gelegt wurden. Doch auch die anderen Tannen wurden geschmückt, es wurden Girlanden über ihre Äste gezogen und überall Christbaumkugeln und bunte Fähnchen verteilt.

Zwar sprachen die großen Tannen immer noch kaum mit dem kleinen Tannenbaum, jedoch hörten sie auf, ihn zu piesacken. Schließlich verdankten sie ihm, dass der anstrengende Konkurrenzkampf endlich ein Ende fand und dass alle Tannen zu Weihnachten festlich herausgeputzt wurden. Es wäre jedoch viel zu peinlich für sie gewesen, sich das einzugestehen. Daher vermieden sie es, mit dem kleinen Tannenbaum zu sprechen. Der jedoch wusste, dass er in ihrem Ansehen gestiegen war und hatte fortan immer noch die Tiere des Waldes und nun auch die Menschen, die ihn einmal im Jahr besuchten.

Die Fee war sehr zufrieden mit ihrer Arbeit und manchmal kam sie kurz zum Weihnachtsfest vorbei, ganz vorsichtig, so dass sie niemand sah, und stibitzte einen Apfel. Die Technik hatte sie sich von den Waschbären abgeschaut. Alleine für die Elster war das Weihnachtsfest nichts, zu viele glänzende Dinge und bei weitem nicht genügend Zeit, um sie alle zu stehlen.

❦ *Das Holzpferdchen* ❦

Draußen wurde es schon langsam dunkel. Die ersten Lichter erleuchteten die Straßen und nasser Schneeregen fiel vom Himmel. Wie lange war es her, dass es im Dezember bis nach hier unten geschneit hatte? Zu lange! Betrübt ging ich die Straße entlang und beschleunigte meine Schritte, als der Bahnhof in Sichtweite kam. Nur noch zwei Wochen bis Weihnachten und noch nicht mal alle Geschenke vorbereitet. Seufzend ging ich weiter und überlegte fieberhaft, was ich meiner Verwandtschaft schenken könnte. Die Arbeit fraß so viel Zeit, dass ich kaum dazu kam mich darum zu kümmern. Und sowieso, eigentlich hatten alle schon alles! Selbst mein kleiner Neffe, der gerade mal zehn Jahre alt war, wurde jedes Jahr mit so vielen Geschenken überhäuft, dass man kaum wusste, was er noch nicht besaß.

Grübelnd stieg ich in den nächsten Zug ein und beschloss, dass es wohl das Beste wäre, mit seinen Eltern darüber zu reden. Kurzerhand rief ich sie an. Ungeduldig hörte ich dem »Tut-Tut« des Wählzeichens zu. Tunnel. Natürlich. Nochmal wählte ich die Nummer, doch dann war die Leitung auf einmal besetzt. Verärgert stieg ich zwei Stationen später aus und beschloss, von Zuhause aus erneut anzurufen.

In der Wohnung angekommen, setzte ich meine schwere Aktentasche ab, zog den Mantel aus und schaute betrübt auf den, leider nicht schneebedeckten, Hut. Dann zog ich meine Stiefel aus und setzte mich vor den Fernseher. Ich fühlte mich etwas allein. Dann erinnerte ich mich daran, dass ich noch bei Familie Brügger anrufen wollte, wegen des Geschenks für den kleinen Xero. Wer nannte sein Kind eigentlich Xero? Das klang wie Nero und erinnerte an einen grausigen, kaiserlichen Tyrannen. Na ja immerhin hatten sie ihn nicht Neo genannt, wie die Hauptperson aus Matrix.

»Hallo, hier Brügger?«, meldete sich unerwartet eine Stimme am anderen Ende der Telefonleitung.

Vollkommen aus meinen Gedanken gerissen stammelte ich: »Ach hi, öhm, Tom, ach ja, schön dich zu hören… ähm.«

Fieberhaft überlegte ich, weswegen ich eigentlich angerufen hatte. Ach ja, das Geschenk für Xero!

»Ja hi, schön dich zu hören. Was gibt's denn?«, fragte Tom schon etwas ungeduldig.

»Ich wollte dich fragen, ob du mir vielleicht sagen kannst, was sich Xero zu Weihnachten wünscht. Ich dachte an das neue Lego-Star-Wars-Set, aber…«

»Nein, das hat er schon! Warte mal, ich hol dir Judith ans Telefon, die weiß sicher mehr dazu!«, erwiderte Tom.

»Hallo?«, ertönte eine etwas verschnupft klingende Frauenstimme.

»Ja hallo Judith, schön dich zu hören. Hier ist Martin. Ich rufe wegen Xero an. Sag mal, ist alles okay bei dir? Du klingst etwas erkältet, hat dich etwa die Grippe eingeholt?«, erkundigte ich mich höflich.

»Ach hallo Martin, jaja, bei dem Wetter auch nicht verwunderlich! Wie geht's dir denn?«, erwiderte Judith erfreut über die ungewohnte Aufmerksamkeit.

»Ja bei mir ist auch alles gut, danke. Du, sag mal, hast du vielleicht ne Idee, was ich Xero zu Weihnachten schenken könnte?«

»Ja öhm… Er hat eigentlich schon alles, was er sich wünscht. Es ist sogar schwierig für uns. Vielleicht schenkst du ihm ne neue Mütze?«, erwiderte sie etwas unsicher.

»Ah ja, ja ich versteh schon. Ja es ist recht schwer, etwas Passendes zu finden. Ich schau mal«, antwortete ich etwas enttäuscht.

Ich verabschiedete mich und legte den Hörer auf. Beziehungsweise ich wünschte mir, den Hörer auflegen zu können, so wie man es früher noch machen konnte! Heute drückte man lediglich das rote Knöpfchen auf seinem Smartphone. Das hatte einfach den weitaus weniger dramatischen Effekt.

Ich beschloss, früh schlafen zu gehen. Obwohl heute Freitag war, hatte ich kaum Lust etwas mit meinen Freunden zu unternehmen oder nochmal rauszugehen. Ich verkroch mich also mit einem guten Buch unter die kuschlige Wolldecke und schlief ziemlich bald darauf ein.

»Hallo? Auuuuuufwachen!«, schnauzte mich eine mir unbekannte Stimme an.

Verwirrt öffnete ich meine Augen. Wo zur Hölle war ich? Um mich herum war Schneetreiben und eine riesige Eisfestung thronte auf dem Schneeberg direkt vor mir. Davor stand ein etwas grimmig ausschauender Typ und daneben jemand, der sich wie der Weihnachtsmann persönlich verkleidet hatte.

»Wer sind Sie? Was machen Sie hier?«, fragte ich etwas benommen.

»Der ist wohl nicht ganz helle, was?«, grummelte der etwas grimmig ausschauende Typ, der, nebenbei bemerkt, ziemlich spitze Ohren hatte.

»Na na, sei nicht so hart zu ihm. Er hat erst grad eine Ladung Schlafstaub abbekommen und ist soeben erst aufgewacht. Du wärst bestimmt auch verwirrt!«, tadelte ihn der ältere Herr.

Zu mir gewandt sagte er: »Guten Abend, ich bin der Weihnachtsmann.« Als wäre es das Normalste der Welt. Er lächelte freundlich und streckte mir dabei die Hand entgegen. Erst jetzt bemerkte ich, dass ich ja schon die ganze Zeit im Schnee lag. Dankbar griff ich nach seiner Hand und stand mit zittrigen Beinen auf. Etwas verwirrt klopfte ich mir den Schnee von den Kleidern und bemerkte, dass ich sowohl meinen Mantel, als auch meinen Hut wieder trug. Was ging hier nur vor? Kopfschüttelnd schaute ich mich um und bemerkte, die wundervolle Landschaft, die mich und die zwei Fremden umgab.

»Du bist also der Weihnachtsmann? Ah … Ja… Ist das irgendwie so eine Coca-Cola-Werbeveranstaltung? So ein heimlicher Clip und am Ende bekomme ich einen Plüschbären und ne Cola-Dose geschenkt? Wie haben sie mich überhaupt hierhergebracht? Ich habe nie in so etwas eingewilligt, denn ich mache schon seit Jahren an keinem Wettbewerb mehr mit! Das ist bestimmt illegal, was sie hier tun! Bringen sie mich bitte wieder nach Hause…«, sprudelte es aus mir heraus.

Der Weihnachtsmann lächelte nur freundlich, während sein Gehilfe genervt aufseufzte und sehr bissig zischte: »Können wir nicht wieder

Kinder herbringen? Die sind wenigstens nicht so kompliziert und dumm!«

»Hey! Ich bin nicht…«, setzte ich an, aber der Weihnachtsmann unterbrach den Streit.

»Hoho, ich hatte meine Gründe ihn hierherzubringen! Martin, das ist hier kein Werbegag oder sonst etwas. Ich hab dich hergeholt, um dir die Augen zu öffnen, und wir haben noch einen anderen Gast, der sitzt aber schon im Schloss und mampft Kekse. Ich glaube, er würde sich freuen dich zu sehen«, erklärte mir der Weihnachtsmann augenzwinkernd.

Ich musste gestehen, dass ich leicht neugierig wurde und so schloss ich mich den beiden komischen Gestalten an. Wir stiegen die Treppen hinauf und gingen durch die große Eingangspforte. Im Inneren eröffnete sich eine völlig andere Welt. Eine riesige Halle, in der emsige Elfen wuselten, Geschenke bastelten und verpackten, Glitzerfeen Geschenke etikettierten und per Feenmagie zum Transport fertig machten und ein paar andere Gestalten zwischendrin, die ich aus dem Stegreif keiner mir bekannten Fabelwesenart zuordnen konnte, die das Ganze überwachten und koordinierten, erstreckte sich vor uns. Etwas geblendet von dem ganzen Rummel strauchelte ich dem Weihnachtsmann und seinem Helfer hinterher. Sie führten mich in ein Zimmer, in dem Xero auf mich wartete. Glücklich mampfte er an verschiedenen Keksen herum (gleichzeitig!), ließ jedoch sofort alles fallen und liegen, als er mich entdeckte. Freudig stürmte er auf mich zu, rannte mich dabei beinahe um und umarmte mich.

»Onkel Martin! Kekse!«, gluckste er freudig und zeigte auf den Tisch hinter sich, auf dem sich alle Arten von Weihnachtsgebäck türmten.

»Hey Xero! Schön dich zu sehen!«, erwiderte ich freudig. Was für ein seltsamer Traum, dachte ich mir, denn anders konnte ich mir die Vorkommnisse nicht erklären.

Der Weihnachtsmann schmunzelte nur. Ob er wohl Gedanken lesen konnte?

»Nein, es ist kein Traum«, sagte er. Verängstigt starrte ich ihn an. Was zum Kuckuck sollte das? Wie machte er das?

»Kommt und setzt euch mal hin, nimm dir ruhig noch ein paar Kekse Xero, du auch Martin! Sie sind wirklich lecker!«, lud uns der Weihnachtsmann ein.

Xero griff sich noch ein paar Kekse und setzte sich dann grinsend auf den größten Sessel im Raum. Ich traute mich nicht zuzugreifen, setzte mich aber brav in die Nähe von Xero und starrte weiterhin den Weihnachtsmann an.

»Weißt du Xero, dein Onkel müht sich jetzt schon den ganzen Dezember ab, das passende Geschenk für dich zu finden und vergisst dabei total, dass er dich doch auch fragen könnte!«, schmunzelte der Weihnachtsmann.

Ich lief knallrot an. Woher wusste er denn das nun wieder? Und wie kam er dazu, dies einem Kind zu sagen?! Xero lachte aus ganzem Herzen und erwiderte: »Aber Onkel! Du bist manchmal schon ein bisschen blöd, hmm?«

Ich wusste nicht, was ich sagen sollte und blieb stumm.

Der Weihnachtsmann intervenierte: »Weißt du, die Menschen stressen sich zur Weihnachtszeit immer außerordentlich, die passendsten und teuersten Geschenke für einander zu finden. Und dann darf man niemanden vergessen und niemanden bevorzugen oder außen vor lassen und und und... das ist doch absolut doof, findest du nicht auch Xero?«

Xero nickte.

»Na ja und da dachte ich mir, dass ich dich und deinen Onkel mal zu mir einlade, um euch daran zu erinnern, was an Weihnachten wichtig ist!«, fuhr der Weihnachtsmann fort.

Ich bemerkte, wie der spitzohrige Helfer des Weihnachtsmann sich aus dem Zimmer schlich. Xero hörte dem Weihnachtsmann gespannt zu.

»Was hast du dir eigentlich zu Weihnachten immer am meisten gewünscht Martin?«, fragte mich der Weihnachtsmann.

Ich dachte über die Frage nach und antwortete: »Es gab einen Holzspielzeugladen die Straße herunter, da, wo ich aufgewachsen bin. Dort war immer ein Holzpferdchen ausgestellt. Das war so schön. Ich hätte es sehr gerne gehabt, aber meine Eltern fanden, dass ich aus dem Alter schon raus war und Pferde sowieso eher etwas für Mädchen wären. So erfüllte sich dieser Wunsch leider nie.«

»Aowww, das ist eine traurige Geschichte Onkel!«, sagte Xero betrübt.

»Ja, das dachten wir eben auch und da du dich ja sowieso fragst, was du deinem Neffen schenken könntest, na ja… seht selbst!«, sagte der Weihnachtsmann.

Durch die Tür kamen der spitzohrige Gehilfe und ein älterer, freundlich lächelnder Herr herein.

»Darf ich vorstellen? Das ist Herr Mauser. Gelernter Schreinermeister und er hat sein Leben lang in einem kleinen Fachgeschäft für Holzspielzeuge gearbeitet. Mittlerweile ist er pensioniert, aber um einen alten und vielleicht auch einen neuen Kindheitstraum zu erfüllen, hat er sich bereit erklärt, euch etwas zu zeigen«, stellte der Spitzohrige den älteren Herren vor.

»Wisst ihr, an Weihnachten geht es nicht darum, wer das teuerste Geschenk bekommt! Vielmehr geht es darum, sich daran zu erinnern, welche Menschen einem im Herzen drin wichtig sind und diese auch mal wieder zum Lächeln zu bringen. Es geht darum, Zeit miteinander zu verbringen, einander wertzuschätzen, Freundschaften zu erhalten und zu stärken. Nicht durch materielle Dinge, vielmehr mit Liebe und Zufriedenheit. Manchmal kann man mit etwas Kleinem, viel mehr erreichen… kommt mal mit!«, sagte der Weihnachtsmann.

Zusammen gingen wir in den Nebenraum, in dem eine alte Holzbank stand, auf dieser lagen wiederum verschiedene Holzbalken und Zeichnungen. Etwas eingeschüchtert blieb ich stehen. Was sollte das werden?

»Also, dass du das immer noch nicht weißt Martin«, tadelte mich der Weihnachtsmann im Flüsterton, so dass Xero uns nicht hörte.

»Na wie heißt du denn?«, fragte Herr Mauser Xero.

»Xero«, erwiderte dieser.

»Schau dir mal die Zeichnungen hier an, was hältst du davon?«, fragte Herr Mauser.

Ich unterbrach ihn: »Herr Mauser? Das ist zwar sehr lieb, aber ich meine… Die Kinder heutzutage haben ganz andere Spielzeuge, ich glaube nicht…«

Doch weiter kam ich nicht. Aus irgendeinem Grund wurde meine Zunge unglaublich träge und schwer und ich brachte keinen Ton mehr über meine Lippen.

Der Spitzohrige zischte mir grimmig zu: »Auch wenn du nicht ganz helle bist, der Weihnachtsmann weiß schon was er tut, also halt die Klappe!«

Dann schnippte er und ich spürte, wie sich der Druck von meiner Zunge löste. Wie seltsam!

Von alten Kindheitserinnerungen geprägt, nahm ich ein paar der Zeichnungen vom Tisch und schaute mir sie an.

»Das hier! Das war das Holzpferdchen bei Ihnen im Schaufenster!«, rief ich, bevor ich realisierte, dass ich viel zu aufgeregt klang. Beschämt räusperte ich mich.

»Ja, genau, mein Junge«, erwiderte Herr Mauser ruhig und freundlich.

Junge? Er sprach mich mit Junge an? Ein komisches Gefühl, bedachte man, dass ich schon fast vierzig Jahre alt war. Xero gesellte sich zu mir und schaute sich die Zeichnungen ebenfalls an.

»Onkel! Das Pferdchen ist ja wirklich ganz hübsch. Ich glaube, ich wünsche mir auch so eins zu Weihnachten!«, rief er aus.

Ungläubig starrte ich den Jungen an. Er war wohl eines der verwöhntesten Kinder überhaupt, was wollte er mit einem Holzpferdchen?

»Bist du dir sicher? Ich dachte, du wolltest lieber Lego zu Weihnachten?«, fragte ich ihn verunsichert.

»Ja Lego ist schon cool… Aber Onkel, das Pferdchen hat eine Geschichte und wir sind beim Weihnachtsmann! Wir dürfen uns alles wünschen! Ich wünsch mir eins für dich mit!«, kicherte er. Zum Weihnachtsmann gewandt fragte er: »Das stimmt doch oder?«

Der Weihnachtsmann erwiderte lächelnd: »Es kommt noch viel besser. Die Zeit hier verläuft anders. Ich hab euch Herrn Mauser für eine Woche gebucht. Ihr werdet aber keine zwei Minuten von Zuhause verschwunden sein, so dass sich niemand Sorgen macht! So habt ihr

Zeit, mit Herrn Mauser zusammen, euer eigenes Holzpferdchen zu schnitzen! Er wird euch dabei helfen und mit Rat und Tat zur Seite stehen. Na, wie klingt das?«

Ungläubig starrten Xero und ich den Weihnachtsmann an. Wie aus einem Munde riefen wir: »WAS?!«

Starrten uns an. Grinsten. Ich fühlte mich wieder wie zehn.

»TOLL!«, riefen wir abermals wie aus einem Mund. Umarmten den Weihnachtsmann und Herrn Mauser.

So geschah es, dass wir eine Woche an unseren Holzpferdchen schnitzten. Herr Mauser half uns dabei mit seinem ganzen Wissen und unterstützte uns, so gut er konnte. Er half uns, die passende Größe und Form zu finden und wir amüsierten uns köstlich. Am Abend saßen wir jeweils mit dem Weihnachtsmann, seinem spitzohrigen Helfer und Herrn Mauser vorm Kamin, wurden mit Leckereien verwöhnt und erzählten uns Weihnachtsgeschichten. Die Zeit war unglaublich schön und auch Xero schien glücklich zu sein.

Ich merkte, dass ich viel zu wenig Zeit mit ihm verbracht hatte und wie sehr er mir eigentlich fehlte. Ich beschloss, dass ich nächstes Jahr öfters etwas mit ihm unternehmen wollte und merkte auch, dass es nicht immer etwas unglaublich Extravagantes sein musste. Einen Tagesausflug in den Zoo oder einfach mal durch die Stadt bummeln. Als ich mit ihm drüber sprach, strahlte er, umarmte mich und sagte mir, dass er das wundervoll fände.

Nach gut einer Woche hatten wir unsere Pferdchen fertig und wurden vom Weihnachtsmann zurück in unsere Welt geschickt. Zurück in den Alltag. Was mit Herrn Mauser geschah, weiß ich leider nicht. Ich versuchte, ihn nach diesem Erlebnis ausfindig zu machen, leider ohne Erfolg. Jedoch stellte ich fortan immer zu Weihnachten das Holzpferdchen auf den Fenstersims, zusammen mit einer Kerze und einem selbstgeschriebenen Briefchen, auf dem sein Name stand. Falls er per Zufall jemals an meinem Fenster vorbeigehen sollte, würde er es sehen können. Vielleicht hat er das sogar schon! Wer weiß. Auch den Weihnachtsmann und seinen grimmigen Helfer habe ich danach nicht wiedergesehen. Leider.

Natürlich bekam Xero von mir zu Weihnachten auch noch eine Mütze geschenkt. Doch eigentlich wussten wir beide, dass das wahre Geschenk schon längst in seinem Zimmer stand, respektive in seinem Herzen war. Wir beschlossen, über dieses Erlebnis vor seinen Eltern Stillschweigen zu bewahren. Es würde für immer unser kleines Geheimnis bleiben. Und immer, wenn er zu mir zum Übernachten kam, nahm er das Holzpferdchen mit und wir spielten mit den beiden Pferdchen und erzählten uns Gute-Nacht-Geschichten.

❧ *Momentum* ❧

Es war ein kalter Novembermorgen, als die ersten Schneeflocken vom Himmel schwebten. Langsam bedeckten sie die Erde und die Dächer der ruhigen Stadt. Alles schlief, bis auf ein kleines Mädchen. Aufgeregt schaute Miriam aus dem Fenster. Der erste Schnee! Endlich!

»Ari, Ari! Wach auf, schau mal! Der erste Schnee, endlich ist der erste Schnee da«, rief Miriam putzmunter und rüttelte an der Schulter ihrer Schwester, die noch tief und fest schlief.

»Lass mich schlafen«, grummelte Ariana und drehte sich weg.

»Nix da! Schlafmütze! Es ist Samstag, wir müssen raus! Schneemann bauen, Schneeballschlachten veranstalten. Wir sollten Liam und Noah abholen und Bianca kommt sicherlich auch, wenn wir sie fragen. Jetzt steh endlich auf, du hast lange genug geschlafen«, quengelte Miriam am Bett ihrer Schwester.

Seufzend drehte sich Ariana um: »Du lässt mir ja eh keine Ruhe mehr bis ich aufstehe, nicht wahr, Schwesterherz?«

Triumphierend grinste Miriam und schüttelte neckisch den Kopf: »Nein keine Ruhe mehr für dich… Schwesterherz!«

Miriams ausgezeichnete Laune schwappte auf Ariana über, die Morgenmüdigkeit verflog und sie stand auf. Schnell und leise zogen die beiden Schwestern ihre wärmsten Wintersachen an und schlichen behutsam die Treppen hinunter. Sie wollten ihre Eltern nicht wecken, doch dafür war es schon zu spät. In der Küche stand ihr Vater und hatte wohlwissend eine Kanne voll Kakao vorbereitet.

»Hallo ihr beiden, eure Mama ist eben einkaufen, doch ich habe euch schon mal Kakao warm gemacht. Den könnt ihr mitnehmen. Aber trinkt ihn, solange er noch warm ist. Außerdem soll ich euch von Mama ausrichten, dass ich nicht befugt bin, eine von euch aus dem Haus zu lassen, bevor ihr mir nicht hochheilig versprochen habt, eure Mützen aufzusetzen und den Schal richtig umzubinden. Sonst seid ihr beide wieder krank und steckt uns erneut an! Das wollen wir dieses Jahr prävenieren«, sagte er streng.

»Och nicht die Mützen, die sehen so doof aus«, jammerte Ariana.

»Was bedeutet prävenieren?«, fragte Miriam.

»Prävenieren bedeutet vorbeugen, wir wollen also verhindern, dass ihr beide wieder krank werdet und deshalb, setzt ihr brav eure Mützen auf«, erklärte ihr Vater geduldig.

»Ich mag Mützen!«, rief Miriam. Die Kleine war irgendwie noch für alles zu begeistern.

Rasch zogen die beiden Geschwister ihre Mützen und Schals an, packten den warmen Kakao ein und drückten ihrem Papa einen Kuss auf die Wange.

»Wir holen Bianca, Noah und Liam ab und sind dann draußen«, riefen die beiden und stürmten aus dem Haus.

Gesagt, getan, die fünf Freunde verbrachten den halben Tag zusammen, tobten im ersten Schnee und veranstalteten ihre erste Schneeballschlacht in diesem Jahr. Irgendwann tauchte

Noahs Vater auf, der sie alle zum Mittagessen einlud. Am Nachmittag lag bereits so viel Schnee, dass die Freunde anfangen konnten ihren ersten Schneemann zu bauen. Sie verbrachten den kompletten Nachmittag damit, den Schneemann schön rund zu formen und ihn am Ende zu schmücken: Er bekam eine Möhrennase, gesponsert von der Marktfrau Ingrid, die per Zufall an den Kindern vorbeigefahren war, einen alten Zylinderhut, der irgendwann einmal von Liams Großvater getragen worden sein musste, da er schon einige Abnutzungserscheinungen aufwies, schwarze Knopfaugen von den beiden Schwestern und den bunten Schal von Bianca. Alle lachten und hatten eine Menge Spaß. Der Schneemann wurde auf den Namen Max getauft und schien ganz glücklich, umringt von den kichernden Kindern.

Max wurde jeden Tag von den fünf Freunden, meist gemeinsam, manchmal aber nur von einem Teilgrüppchen, wenn jemand Hausarrest hatte oder noch Hausaufgaben erledigen musste, besucht. Die Freunde spielten meist vor seinen

Augen im Schnee. In der Nähe gab es einen kleinen Hügel, von dem sie herunterschlittern konnten. Sie veranstalteten dort Schneeballschlachten oder spielten Verstecken.

Die Tage wurden immer kürzer, die Dunkelheit kam immer schneller, die Freunde durften meistens nicht mehr so lange draußen bleiben. Sie trafen sich aber, so oft es ging, zumindest eine Stunde täglich, bei Max, ihrem Schneemann. Bis zum Weihnachtstag.

Am Weihnachtstag kam niemand, um Max zu besuchen. War ja klar, es waren alle bei ihren Familien. Sie feierten zusammen Weihnachten und bekamen Geschenke. Da wurde Max sehr traurig. Er wollte Weihnachten nicht alleine verbringen. Er fühlte sich einsam und sehnte sich nach den Kindern, die ihn mit so viel Liebe gemeinsam erschaffen hatten. Doch er konnte es nicht ändern, egal wie sehr er es sich wünschte, an diesem Tag kam niemand um ihn zu besuchen. Erst nach den Feiertagen trafen sich die Freunde wieder bei Max und spielten und tobten im Schnee. Bald jedoch kam der Frühling, der die ersten warmen Sonnenstrahlen mit sich brachte und der Schnee, und somit auch Max, schmolzen.

Im nächsten Winter, als der erste Schnee fiel, trafen sich die fünf Freunde wieder an der gleichen Stelle und Max wurde erneut zum Leben erweckt. Er bekam wieder eine Rübennase und den alten Zylinder aufgesetzt. Diesmal wurden ihm jedoch zwei Münzen als Augen eingesetzt. Den Schal vom letzten Jahr hatte Bianca verloren, daher brachte sie ihm stattdessen zwei Äste als Arme. Und die Freunde johlten und tobten im Schnee, besuchten Max jeden Tag und spielten um ihn herum.

Allmählich wurde es Dezember und schon bald stand der Weihnachtsmorgen vor der Tür. Max hoffte, dass ihn diesmal jemand besuchen würde. Doch es kam niemand. Eine dicke Träne kullerte über die Wange des Schneemanns und er fühlte sich sehr einsam. Da kam ein altes Weib den Weg entlang. Sie ging schon leicht gebückt und hatte einen großen Korb voller Esswaren und Kleidung bei sich.

»Oh, was weinst du denn so bitterlich, liebster Schneemann?«, fragte die alte Frau und setzte ihren Korb ab.

»Hach«, seufzte er und grämte sich, denn er wollte der Alten das Weihnachtsfest nicht mies machen, »es ist nichts. Geht nur weiter und genießt die frohen Festtage.«

»Das werde ich auch tun, aber jetzt sag mir, was dich so traurig macht, dass sogar Tränen aus deinen Münzenaugen fließen«, erwiderte das alte Weib lächelnd.

Max überwand sich und jammerte: »Es ist Weihnachten und meine Freunde, die fünf, die mich gebaut haben, sind alle bei ihren Familien und kommen mich nicht besuchen. Ich weiß nicht, wie es ihnen geht. Vermutlich freuen sie sich über die vielen Geschenke, aber vielleicht geht es ihnen gerade nicht gut und ich kann sie nicht aufmuntern. Sie sind sonst fast jeden Tag um mich herum, nur heute nicht und ich fühle mich so einsam. Im Frühling schmelze ich und sie werden mich gänzlich vergessen bis zum nächsten Jahr. Vielleicht streiten sie sich bis dahin und dann kommt gar niemand mehr, um mich zu bauen. Ich habe keinen Bestand, keine Bedeutung in dieser Welt.«

Die alte Frau lächelte nur und wischte sanft die Tränen vom Gesicht des Schneemanns.

»Was noch?«, fragte sie.

»Ich wäre so gerne etwas anderes, ein Geschenk zu Weihnachten, etwas was man ins Wohnzimmer stellt und was dann für immer dort stehen bleiben kann, damit ich den Beschenkten jeden Tag sehen und zum Lächeln bringen könnte«, erzählte Max.

Das Weib dachte kurz nach und erwiderte: »Ich verstehe dich, aber ich glaube, dass du gar nicht siehst, wie wichtig du bist und wie sehr die Kinder an dich denken. Ich zeige dir etwas.«

Sie griff in die eine Tasche und holte einen Beutel hervor. In diesem befand sich ein violett leuchtendes Pulver, welches sie dem Schneemann ins Gesicht blies. Max wurde schummrig davon. Er kniff die Augen zusammen, um dem Schwindelgefühl zu entgehen, aber es half nicht. Nach einigen Sekunden fühlte er sich plötzlich so leicht und frei, er öffnete die Augen wieder und stellte erstaunt fest, dass er zur Schneeflocke geworden war.

»So, auf auf, ich habe nicht den ganzen Tag Zeit, ich muss nachher noch weiter!«, forderte eine Stimme neben ihm.

Verwirrt drehte er sich zur Seite und sah´ eine zweite Schneeflocke neben sich. Das musste die wundersame Dame von vorhin sein.

»Einfach konzentrieren! Du musst mir folgen, darum fokussiere dich darauf mir hinterherzu-fliegen. Der Zauber ist stark genug, um gegen den Wind anzukommen, aber du musst es schon ordentlich wollen«, rief sie ihm zu und zischte nach vorne.

Etwas überfordert versuchte Max, sich zu bewegen. Er wusste ja schon nicht, wie das als Schneemann ging. Wie sollte er das als Schnee-flocke gebacken bekommen? Doch nach ein paar Anläufen schwebte er langsam in dieselbe Rich-tung wie die Zauberin.

»Wie heißt du eigentlich?«, rief er. Er hatte Angst sie im Schnee zu verlieren.

»Helena«, antwortete sie. Max orientierte sich an ihrer Stimme und flog ihr, so schnell es ging, hinterher. Sie schwebten zuerst zum Haus der beiden Schwestern: Miriam und Ariana. Die beiden waren gerade dabei den Weihnachtsbaum zu schmücken und sich gegenseitig mit Lametta einzuwickeln und ein wenig zu ärgern. Ihre Mutter stand in der Küche und bereitete das Weihnachtsessen vor, der Vater versuchte unterdessen verzweifelt, die beiden Mädchen zu bändigen und nebenbei die Christbaumkugeln anzubringen, ohne eine dabei zu zerbrechen. Max hörte das Lachen und Kichern der beiden und freute sich, dass es ihnen so gut ging.

»Siehst du kleiner Schneemann, den beiden geht es hervorragend, sie sind bei ihrer Familie und so fit und munter, wie du sie kennst. Zugegeben, Ariana hat sich ein wenig erkältet, aber das kommt eben davon, wenn man sich die Mütze nicht immer aufsetzt«, sagte Helena.

»Ja«, erwiderte Max glücklich und fügte an, »woher kennst du eigentlich ihre Namen?«

»Na hör mal, wenn ich dich in eine Schneeflocke verwandeln kann, mit so ein bisschen violettem Pulvergedöns, dann kann ich ja wohl auch die Namen deiner Freunde kennen«, kicherte Helena.

Sie flogen weiter zu Noah. Noah saß mit seinen Eltern schon am Tisch und sprach das Tischgebet: »Lieber Gott, danke für alles, was du uns heute an Speis und Trank geschenkt hast. Bitte lass es anderen auch so gut gehen, wie uns und sorg dafür, dass alle schöne Weihnachten verbringen dürfen. Amen.«

»Das hast du schön gesagt, mein Schatz. Kannst du uns bitte noch die Butter für die Kartoffeln aus dem Kühlschrank holen?«, lobte ihn seine Mutter.

»Klar«, sagte Noah und sprang auf. Er ging in die Küche, die beiden Schneeflocken folgten ihm von außen.

Am Kühlschrank hing ein Bild. Selbstgezeichnet, von Noah. Darauf war Max zu sehen. Unverkennbar, mit Hut und Schal und allem Drum und Dran und daneben ein weiteres von Max, diesmal mit den goldenen Münzenaugen.

»Siehst du, kleiner Schneemann, sie vergessen dich nicht, sie malen Bilder von dir und tragen dich auch im Sommer in ihren Herzen, wenn sie sich schon auf die ersten Schneeballschlachten freuen und darauf, dich wieder zum Leben zu erwecken!«, sagte Helena gütig.

Das rührte Max zutiefst und es freute ihn, dass Noah an ihn dachte und ihn so vortrefflich gezeichnet hatte.

»Zeit für einen winzigen Sprung«, kündete Helena an und schwebte in die Höhe.

Max folgte ihr, so schnell er konnte. Sie stiegen immer höher und gerieten bald in einen kleinen Wirbelsturm, der wie aus dem Nichts kam. Als sich der Sturm gelegt hatte, waren sie an dem Weg, an dem Max normalerweise stand. Doch statt einem Schneemann stand dort jetzt eine Parkbank und dahinter war ein Baum gewachsen. Auf der Parkbank saß Bianca und weinte ganz fürchterlich.

»Er ist so ein Idiot! So ein Volltrottel! Ein riesen Blödmann! Wie konnte er es vergessen? Wieso…«, der Rest des Satzes ging in einem lauten

Schluchzen unter. Sie schien Selbstgespräche zu führen. Es brach Max das Herz, Bianca so zu sehen. Er wollte sie gerne trösten, Helena hielt ihn jedoch entschlossen zurück.

»Warte und schau genau hin!«, befahl sie ihm.

Er vertraute auf ihre Worte und wartete brav. Nach einer gefühlten Ewigkeit sah er einen Mann den Weg entlanglaufen. Er erkannte ihn zuerst nicht, doch als er seine Stimme hörte, wusste er sofort, dass es Liam war. Liam in groß, Bianca hingegen hatte sich kaum verändert, sie hatte er sofort erkannt, doch Liam war nochmal ein bemerkenswertes Stück gewachsen und trug jetzt die ersten Ansätze eines Bartes. Max begriff, dass Helena vorhin wohl einen Zeitsprung meinte und sie sich just in diesem Moment in der Zukunft befanden.

»Da bist du ja, du kannst doch nicht einfach weglaufen!«, seufzte Liam erleichtert, als er Bianca auf der Parkbank sah.

»Geh weg! Ich will nicht mit dir reden«, schrie sie ihn an. Die beiden stritten sich und saßen dann schweigend zusammen auf der Parkbank.

Nach ein paar Minuten sagte Liam: »Erinnerst du dich noch? Wir hatten früher hier zusammen einen Schneemann gebaut… Wie hatten wir ihn getauft?«

»Max«, murmelte Bianca und nickte.

»Ja genau… Max! Es ist so schade, dass Miriam und Ariana weggezogen sind. Noah sehen wir wenigstens noch in der Schule… Auch wenn wir kaum noch Kontakt haben, zumindest nicht so wie früher. Was wohl aus den beiden Schwestern geworden ist?«, erinnerte sich Liam.

Ein kleines Lächeln huschte über Biancas Gesicht.

»Da ist es! Dieses Lächeln! Bianca, es tut mir leid, ich war ein Idiot, bitte lächle wieder, ich will nicht, dass du weinst. Du weißt doch wie sehr ich dich liebe«, mit diesen Worten beugte sich Liam vor und küsste Bianca.

Später am Abend, würden die beiden noch bei Noah, Ariana und Miriam anrufen und ein gemeinsames Treffen im neuen Jahr ausmachen. Nach all den Jahren, die Truppe wieder vereinen.

Nachdem Max das alles gesehen und gehört

hatte, brachte Helena ihn zurück in seine Zeit und in seinen alten Schneemannkörper.

»Siehst du, kleiner Schneemann, dank der Erinnerungen an dich haben sich die beiden Streithähne wieder vertragen und sich sogar bei ihren alten Freunden für ein Treffen gemeldet. Das ist mehr wert, als jeder bleibende Gegenstand, der in irgendeinem Wohnzimmer herumsteht. Diese Erinnerungen, kann ihnen keiner mehr nehmen. Diese Erinnerungen verbinden die fünf für immer, auch dann, wenn sie sich nicht mehr so oft sehen oder sich einmal zerstreiten, du bleibst immer in ihren Herzen. Diese Erinnerung, wie das gemeinsame Aufbauen von dir, das Spielen um dich herum, das wird für ewig bleiben«, flüsterte Helena ihm etwas erschöpft zu.

»Danke! Danke Helena! Danke, dass du mir all das gezeigt hast, Weihnachten ist jetzt für mich gerettet und ich freue mich, wenn die Kinder nach den Feiertagen wieder um mich herum spielen und es ihnen so gut geht! Du hast mir gezeigt, dass auch ich Bedeutung habe und nicht aus ihren Herzen verschwinde, selbst wenn ich jedes Jahr erneut schmelze«, bedankte sich Max.

Die Zauberin lächelte und nahm ihren Korb wieder auf.

»Warte! Sag mal, warum bist du heute eigentlich hier vorbeigekommen und stehen geblieben, als du mich gesehen hast?«, fragte Max.

Helena überlegte kurz und stellte ihren Korb nochmals ab: »Ich bin auf dem Weg, einen alten Freund zu besuchen. Mein Mann verstarb vor ein paar Jahren. Ich wollte alte Kleider von ihm, die noch tragbar sind, in die Kleidersammlung geben und anschließend mit einem Korb voller Leckereien bei einem alten Freund anklopfen, um zu fragen, ob er Zeit hätte, mit mir zusammen Weihnachten zu verbringen. Als ich dich gesehen habe, hat mich das an meinen Mann erinnert. Wir haben über vierzig Jahre zusammengelebt.«

Sie lächelte, als sie erzählte: »Das erste Weihnachten, das wir zusammen verbrachten, war wundervoll. Wir hatten damals zusammen einen Schneemann gebaut, der so ähnlich aussah wie du, nur ein wenig dicker! Wir hatten eine Menge Spaß miteinander. Zumindest den größten Teil der Zeit. Es gab Momente… Oh, ich hätte ihm in diesen Momenten am liebsten den Hals umgedreht, aber jetzt, da er tatsächlich da oben im Himmel ist…«

Sie stockte kurz, dann brach sie in schallendes Gelächter aus: »Himmel, so ein Quatsch, da oben würden ihm die Füße einfrieren, oberhalb der Wolken! Er hatte immer kalte Füße. Kannst du dir das vorstellen? Ein Mann mit kalten Füssen. Sowas gibt es nun wahrlich nicht oft!«

Max nickte verwundert. Dann erzählte sie weiter: »Hmm, wir hatten viele schöne Momente in all den Jahren. Ich bin froh, dass er immer an meiner Seite war. Es war ein Geschenk, dass wir so lange miteinander hier auf dieser Erde leben durften. Wir hatten uns über vieles gestritten und wir waren nicht immer einer Meinung. Aber im Endeffekt haben wir uns geliebt. Und wir hatten ein wirklich gutes Leben zusammen.«

»Wie kannst du so fröhlich von ihm erzählen? Vermisst du ihn denn gar nicht?«, fragte Max.

»Doch! Jeden Tag. Aber mein Leben geht weiter. Ich bin dankbar für jeden Moment, den wir teilen durften. Es ist nicht leicht, einen geliebten Menschen loszulassen. Vor allem nicht an Tagen wie Weihnachten. Deswegen mache ich mich nun auf zu guten Freunden und lasse mich umarmen.«

Mit diesen Worten hob sie ihren Korb auf und verabschiedete sich von Max.

❧ *Das Engelchen* ❧

Es war einmal ein kleines Engelchen. Seine Aufgabe war es, den Heiligen und den Helden der Kindheit unter die Arme zu greifen. So besuchte es regelmäßig die Zahnfee und den Sandmann. Es half bei den gewöhnlichen Tätigkeiten, oder wenn ein Kind die Heiligen einmal erwischt hatte, bei der Gedächtnistäuschung. Zudem half es natürlich auch dem Osterhasen bei der Eierbemalung und deren Verteilung. Am liebsten war es jedoch beim Weihnachtsmann. Der Weihnachtsmann schenkte ihm nämlich jedes Mal zu Weihnachten etwas ganz Besonderes.

Er führte es durch die große Spielzeughalle und das Naschlager und beobachtete ganz genau die Reaktionen des kleinen Engelchens auf die verschiedenen Geschenke. Letztes Jahr hatte er ihm ein hübsches, weißes Kleidchen geschenkt. Als das Engelchen die Naschsucht packte, weil es sich mit der Zahnfee gestritten hatte, bekam es

Zuckerstangen und gebrannte Mandeln. Ein anderes Mal hatte er ihm ein Kissen geschenkt, auf dem das Engelchen, zumindest manchmal, etwas zur Ruhe kommen konnte.

Doch dieses Jahr war es schwieriger, etwas Passendes zu finden. Das Engelchen hatte schon so viele verschiedene Geschenke bekommen. Während der Weihnachtsmann mit ihm durch die verschiedenen Hallen lief, bemerkte er kein einziges Mal ein Glitzern in den Augen des kleinen Engels. Was sollte er dem Engelchen bloß schenken? Vielleicht etwas zum Spielen, oder eine hübsche Haarspange?

Nach langem hin- und herüberlegen beschloss der Weihnachtsmann, dass er einen Elfen mit dieser Aufgabe beschäftigen würde. Es waren noch ein paar Tage bis Weihnachten und da gerade Hochsaison war, waren die Elfen sowieso diejenigen, die mit dem Engelchen am meisten zu tun hatten. Gedacht, getan. Der gewiefte Elf, der beauftragt wurde, beobachtete in den folgenden Tagen den kleinen Engel. Das Engelchen half, wo es nur konnte, flog von einem Produktionsort zum anderen und gab sich viel Mühe, die Geschenke schön zu verpacken und richtig einzusortieren. Doch auch der Elf konnte nicht herausfinden, was sich der kleine Engel wünschte. Zwar sah es die Geschenke allesamt liebevoll an, aber er sah nicht, dass es selbst gerne eines davon besitzen wollen würde. So vergingen die Tage und der Weihnachtsmann blieb ratlos.

Vollkommen verzweifelt suchte er die Zahnfee auf. Nachdem sie ihn mit Vorwürfen über das Naschlager und die Keksbäckerei überhäuft hatte, vermochte sie aber auch keinen Rat zu geben. Es sollte auf keinen Fall etwas Süßes sein! Aber ob dem Engelchen eine Haarspange, ein Holzspielzeug oder ein paar Buntstifte gefallen würden, wusste sie nicht. Sie fand die Idee dem kleinen Engel, der immer so gerne half und so gut zu allen war, ein Geschenk zukommen zu lassen, eine gute Idee. So offerierte sie dem Weihnachtsmann, dass sie die restlichen Heiligen zu einem Beratungskomitee beordern könnte, um so gemeinsam nach dem passenden Geschenk zu suchen.

Gesagt, getan. Kaum eine halbe Stunde verging und via Telepathie waren alle Heiligen verständigt. Es wurde diskutiert, ein Vorschlag jagte den Nächsten und jeder wurde für nicht gut genug befunden und wieder abgeschmettert. Nach einigen Stunden saßen alle ratlos da. Sie beschlossen, sich noch einmal Gedanken zu machen und sich am Abend erneut zusammenzusetzen. Diesmal auch mit dem Sandmann, der durch die harte Nachtschicht tagsüber schlief.

Am Abend saßen sie also wieder zusammen und berieten erneut. Der Sandmann, der schon seit je her etwas pragmatisch war, schlug nach kurzer Zeit vor, das Engelchen doch einfach selbst zu fragen. Da keinem anderen etwas Besseres einfiel, beschlossen sie, dem Rat des Sandmanns zu folgen. Der Weihnachtsmann anerbot sich, das Engelchen zu fragen. Alle waren mit diesem Vorschlag einverstanden. Der Weihnachtsmann ging am nächsten Tag zum kleinen Engelchen und fragte es ganz direkt, was es sich denn dieses Jahr zum Weihnachtsfest wünschen würde.

Das kleine Engelchen lief knallrot an und antwortete: »Am meisten würde ich mir wünschen, dass alle Heiligen hierherkämen, wir hier einen Baum schmücken, ein paar Leuchtsterne aufhängen, zusammen essen, lachen und vielleicht ein paar Lieder singen.«

Der Weihnachtsmann war gleichermaßen überrascht wie auch gerührt. Mit so einem Wunsch hatte er nicht gerechnet. Aber wer könnte einem kleinen Engel einen solchen Wunsch ausschlagen? So beschloss er, die Heiligen zu informieren und einzuladen. Alle nahmen die Einladung freudig an und so geschah es, dass am Weihnachtsabend alle Heiligen am Nordpol versammelt saßen, mittendrin das kleine Engelchen. Sogar der Weihnachtsmann schaffte es, sich ein paar Minuten Zeit dafür zu nehmen, bevor er mit seinem Rentierschlitten losreiten musste, um die vielen Geschenke zu verteilen.

Das Engelchen strahlte und bedankte sich am nächsten Tag beim Weihnachtsmann, für das schönste Weihnachten, mit dem besten Weihnachtsgeschenk, welches es je erleben durfte.

❧ *Das Wunder der Liebe* ❧

Der 23. Dezember, ein Tag vor Heiligabend, war ein kalter Wintertag. Gerald hatte alles eingekauft für den morgigen Besuch seiner Familie, seiner beiden Kinder, mit Ehepartnern und der süßen Charlene, seinem Enkelkind, welches er über alles liebte. Ein aufgewecktes, kleines Mädchen, welches mit viel Lebensfreude und Geborgenheit aufwuchs und alle um sie herum zum Strahlen bringen konnte. Draußen wurde es bereits dunkel, die ersten Straßenlampen gingen an und vereinzelte Schneeflocken rieselten am Fenster vorbei. Der Schnee blieb aber nicht lange liegen, leider war es immer noch zu warm für diese Jahreszeit. Dem langsamen Herabgleiten des Schnees zuzusehen war jedoch nicht minder wundervoll.

Er beschloss, schon mal den Tisch für Morgen zu decken und für sich noch etwas Kleines zum Abendessen zurechtzumachen. Vielleicht einen Teller Spaghetti, sie mochte Spaghetti. Der

Gedanke an sie machte ihn traurig und glücklich zugleich. Sie hatte ihn vor vielen Jahren alleine gelassen, eine halbe Ewigkeit, so kam es ihm schon vor. Doch seine Liebe zu ihr hatte nie aufgehört. Ein scheues Lächeln huschte über seine Lippen und eine Träne kullerte ihm übers Gesicht. Schnell wischte er sie sich weg und machte sich auf den Weg in die Küche. Plötzlich klingelte es an der Tür.

Überrascht ließ er alles stehen und ging zur Wohnungstür, dort drückte er auf die Freisprechanlage und fragte, wer so spät am Abend noch etwas von ihm wolle.

»Eine alte Bekannte«, antwortete eine Frauenstimme.

Diese Stimme... Nein, das konnte unmöglich sein! Er hatte sie seit Jahren nicht gehört, aber er würde sie unter hundert Stimmen wiedererkennen. Zitternd drückte er auf den Schlüsselknopf, der die Haustür unten öffnete. Anschließend entriegelte er die Wohnungstür und starrte in den Treppenflur hinaus.

Sie war noch schöner als in seiner letzten Erinnerung. Etwas älter, einige Lachfalten mehr im Gesicht, doch dafür umgab sie eine warme Aura, die Zufriedenheit und Glück ausstrahlte.

»Na, was stehst du denn hier so wie bestellt und nicht abgeholt herum? Möchtest du mich nicht hereinbitten und mir meinen Mantel abnehmen?«, fragte sie und zwinkerte ihm zu.

Er musste lachen. Natürlich! Anders hätte ihr Erscheinen nicht sein können.

Ein Piepsen aus der Küche erinnerte ihn, dass er vorher Wasser aufgesetzt hatte, welches langsam überkochte.

»Klar, komm herein, mach es dir schon mal bequem, es gibt Spaghetti!«, erwiderte er mit zitternder Stimme. Er merkte, wie ungemein nervös er war. Mit ihr hatte er nach so vielen Jahren nun wirklich nicht gerechnet. Kein Tag verging, an dem er sich nicht an sie erinnerte, aber er hätte nie damit gerechnet, sie je wieder zu sehen. Er hatte so viele ungeklärte Fragen.

Sie hörte, wie er in der Küche hantierte. Es war tatsächlich eine Weile her. Sie wollte ihn damals nicht verlassen, aber die Umstände ließen es nicht zu, dass sie weiter bei ihm blieb. Seufzend setzte sie sich auf einen der alten Holzstühle. Es waren schöne Stühle und mit ein paar Kissen sogar reichlich bequem. Mit einer dampfenden Schüssel kam er aus der Küche und setzte diese auf ein Holzbrett in die Mitte des Tisches. Dann verschwand er nochmal und kam mit etwas Reibkäse und hauchdünn geschnittener Salami zurück. Sobald das Essen auf dem Tisch stand, verschwand er ein weiteres Mal und kam mit einer guten Flasche Rotwein und zwei Weinglä-sern zurück.

Er setzte sich zu ihr und sie schöpften sich aus der großen Schüssel je eine Portion. Er rollte sich eine Gabel Spaghetti auf, ließ sie dann aber am Rande des Tellers liegen, er brächte im Moment keinen Bissen herunter. Sie hingegen ließ sich von der komischen Stimmung, die im Raum herrschte, nicht vom Essen abhalten und aß genüsslich ihren ganzen Teller leer.

Ihre Lippen waren leicht rötlich gefärbt, von der Tomatensauce. Sie sah so wunderschön aus. Sie hatte kleine Lachfältchen neben den Augen und um die Mundwinkel. Die waren früher noch nicht da, aber sie standen ihr ausgezeichnet. Auf ihren Lippen ruhte ein wissendes, zufriedenes Lächeln.

»Es war ausgezeichnet, ich bringe die Teller eben zur Spüle. Nachher hast du sicher Fragen. Menschen haben immer Fragen«, schmunzelte sie und stellte die Teller zusammen. Sie ließ es unkommentiert, dass er sein Essen kaum angerührt hatte.

Dann setzte sie sich wieder zu ihm und wartete darauf, dass er das Gespräch beginnen würde. Peinliche Stille herrschte zwischen den beiden und er suchte verzweifelt nach den richtigen Worten. Schlussendlich brach sie das Schweigen und fragte: »Wie erging es dir die letzten Jahre?«

»Gut«, erwiderte er mit einem dicken Kloß im Hals.

Sie lachte: »Du warst noch nie ein guter Lügner!« Sie nippte an ihrem Weinglas und sah ihn fordernd an.

»Ja, na ja, es war schwer. Niska hat deine Augen und jedes Mal, wenn sie zu Besuch kam, erinnerte sie mich an dich. Ich fühlte mich oft einsam. Habe lange gebraucht, um wieder einen Antrieb zu finden«, brachte er schlussendlich stotternd hervor.

Ihr wurde ganz warm ums Herz. Sie hatte ganz vergessen, wie sehr er sie liebte.

»Niska kommt morgen vorbei. Sie bringt Charlene mit. Und Lio kommt morgen auch. Du solltest die beiden sehen, sie haben sich so verändert, sind so erwachsen geworden. Und die kleine Charlene ist ein kleiner Wirbelwind, sie liebt es Grimassen zu schneiden und hat nur Faxen im Kopf! Aber im Herzen sind sie immer noch die Gleichen. Wir sprachen oft von dir, wieso kamst du uns nie besuchen? Wieso hast du dich nie gemeldet?«, fragte er.

»Du wusstest doch, dass das leider nicht ging. Ich habe auch viel an euch gedacht… Ich wusste aber, dass es euch gut gehen würde. Ich habe euch nie ganz verlassen. Ein Teil von mir war immer bei euch«, sagte sie lächelnd.

Er schwieg. Die Gefühle übermannten ihn, es war so unglaublich schön, sie wieder zu sehen.

Er stand auf und umarmte sie. Sie lag glücklich in seinen Armen und hauchte einen kleinen Kuss auf seine Wange.

»Komm, lass uns den Christbaum schmücken!«, rief sie voller Elan.

»Ich habe keinen Christbaum gekauft«, gestand er schüchtern ein.

»Was? Aber Charlene kann doch keine Weihnachten ohne Christbaum feiern!«, erwiderte sie entsetzt.

»Wie alt war sie, als du sie das letzte Mal gesehen hast?«

»Sie war noch ein Baby, gerade mal sieben Monate alt.«

»Sie ist jetzt sechseinhalb, dieses halbe Jahr ist fürchterlich wichtig für sie«, lachte er.

Sie schmunzelte. Es war kaum vorstellbar, dass man sich so auf Geburtstage freuen konnte, aber die kindliche Freude steckte auch ungemein an. Ihr war Weihnachten zwar immer heilig gewesen, aber nie so wichtig, wie das eine Weihnachten, das sie noch mit Charlene verbringen durfte. Die strahlenden Augen des Babys, auch wenn Charlene wohl kaum fähig war einzuordnen, was um sie herum geschah, so mochte sie alles, was glitzerte und glänzte und mümmelte freudig an ihrem ersten Weihnachtskeks. Sie stellte sich vor, wie Charlene mittlerweile aussehen mochte. Sie hatte sich so sehr gewünscht, sie noch einmal wiederzusehen. Auch Lio und Niska wollte sie unbedingt nochmal wiedersehen. Seufzend stand sie auf. Mit einer wischenden Handbewegung durch die Luft vertrieb sie die düsteren Gedanken, die vor ihrem inneren Auge schwebten und bemühte sich, erneut ein Lächeln aufzusetzen.

»Gut, dann werden wir eben jetzt losgehen und zumindest Weihnachtsdekoration besorgen«, sagte sie entschlossen.

Er starrte sie ungläubig an und erwiderte: »Es ist der 23. Dezember, abends, alle Geschäfte sind doch schon längst zu.«

»Na dann müssen wir eben improvisieren!«, sagte sie unbeirrt.

Er lachte. So kannte er sie, vollkommen verrückt und doch sehr liebenswert und herzlich. Er fühlte sich immer noch so verliebt wie am ersten Tag, an dem er sie sah. Das Kribbeln war zwar nicht mehr so beständig, aber immer noch da und die Unterbrechungen wurden mit wahrer Liebe und Vertrauen gefüllt. Sie war für ihn die Liebe seines Lebens, seine beste Freundin, seine Partnerin und seine Rückendeckung zugleich.

Sie packte schon ihre Sachen, zog ihren Wintermantel an, den sie zuvor an der Garderobe abgelegt hatte und nahm ihre Handtasche.

»Es gibt zwar einen Wald in der Nähe, aber ich besitze weder eine Säge noch ein Beil um einen Baum zu fällen«, gestand er bedrückt.

»Jetzt jammere mal nicht die ganze Zeit rum! Das wird schon werden, Sachen anziehen und hopp hopp!«, rief sie ihm entgegen, während sie schon durch die Tür verschwand. Dass man in dem Alter so fit sein konnte, erstaunte ihn. Er versuchte, sich ebenfalls zu beeilen, und rutschte beinahe auf dem Parkett aus. Zum Glück hatte sie das nicht gesehen, sonst hätte sie vermutlich zusätzlich drauf bestanden, einen neuen Teppich zu kaufen. Er grinste. Es war noch alles beim

Alten. Schnell schlüpfte er in seine Schuhe, zog seine Jacke, sowie einen Schal an und packte vorsorglich ein zweites Paar Handschuhe mit ein. Dann folgte er ihr durch die Tür, durchs Treppenhaus und dann nach draußen. Es schneite immer noch leicht. Mittlerweile war es auch kalt genug, dass der Schnee zumindest für eine kleine Weile liegen blieb. Er atmete die kalte Nachtluft tief ein und wieder aus, durch die Kälte sah es aus, als bliese er dabei weißen Rauch aus seinem Mund. Schlotternd rieb er sich die Hände und zog sein Paar Handschuhe an. Dann sah er sich suchend um. Sie war schon davongestiefelt, schnurstracks in Richtung Waldrand. Er lief ihr hinterher.

»Als ich klein war und es so kalt draußen war, da gab es bei uns immer Nüsschen und Schokolade. Aber am liebsten mochte ich die Salzstangen, damit konnte ich dann so tun, als würde ich rauchen. Ich hatte an der Salzstange genuckelt und so getan, als würde ich an einer Zigarette ziehen, um dann die kalte Luft, die wie weißer Rauch aussah, auszublasen. Das sah fast aus, wie echter Rauch! Ich habe mich dabei unheimlich hip gefühlt«, erzählte sie ihm.

»Und dabei bist du gegen jede Art von Rauchen mittlerweile«, schmunzelte er, »außerdem ist ›hip‹ wirklich kein Wort mehr, was man heutzutage sagt!«

»So?«, fragte sie neckisch, »Was sagt man denn dann?«

»Hmm. Ich glaube die Leute sagen jetzt cool«, meinte er.

»Na dann war ich eben so cool! Und ja als Kind hatte ich mir auch immer vorgestellt, dass Himbeersirup Rotwein wäre, ich war echt ganz schön verrucht«, erwiderte sie.

Sie tauschten während ihres Spaziergangs zum Waldrand viele, lustige Kindheitserinnerungen aus und hatten dabei eine Menge zu lachen. Man hatte damals einfach eine andere Sichtweise und ein anderes Verhältnis zum Ganzen.

Beim Wald angekommen, machten sich die beiden auf die Suche nach etwas, das sie als Weihnachtsdekoration benutzen konnten. Sie sammelten ein paar Eicheln, Tannenzapfen und heruntergefallene Tannenzweige. Bald stießen sie sogar auf einen bereits gefällten, kleinen Tannenbaum. Es war wie ein Geschenk des Himmels. Sie wussten zwar nicht, ob man ihn mitnehmen durfte oder dieser eigentlich für jemand anderes bestimmt war, deswegen hinterließen sie einen kleinen Zettel mit Namen und Telefonnummer. Diesen Zettel legte sie auf die Stelle, wo vorher der Baum lag und beschwerte ihn dann mit einem Stein, so dass er nicht davon wehte.

Langsam wurde es immer kälter. Sie war froh, dass er an das zweite Paar Handschuhe gedacht hatte, und zog diese an. Die gesammelten, kleinen Sachen packte sie in ihre sonst leere Handtasche und half ihm dann, die Tannenzweige und den Baum in die Wohnung zu tragen. Das Mühsamste war die enge Holztreppe im Treppenhaus, doch selbst diese Hürde schafften die beiden mit viel Lachen und gemeinsamer Anstrengung. In der Wohnung angekommen, machte er sich daran, den Weihnachtsbaum aufzustellen, während sie den Tisch freiräumte und anfing, die gesammelten Zweige, Eicheln und Tannenzapfen schön anzuordnen. Zusätzlich bastelte sie aus den umliegenden Servietten einen Stern und platzierte ihn in der Mitte.

Kaum war er fertig mit dem Aufstellen des Baumes, holte sie bereits ihre alte Schmuckschatulle, die noch immer im ehemalig gemeinsamen Schlafzimmer stand und fing an, den Baum mit ihrem Schmuck zu verzieren. Hauptsache es glitzerte und glänzte. Da kein Stern für die Spitze vorhanden war, setzten sie dem Baum eine Weihnachtsmütze auf, die er vor ein paar Jahren einst an einem Weihnachtsmarkt gratis bekommen hatte. Zudem wurde ein gelber Schal zu Lametta umfunktioniert und ebenfalls über die Äste gelegt. Der Baum sah urkomisch aus, doch beide waren furchtbar stolz auf ihr Werk. Vom Dekorierfieber gepackt, machten sich beide auf die Suche nach weiteren Dekorationsmöglichkeiten. Es wurden überall kleine Kerzen in allen Farben und Formen aufgestellt, kleine Teelichter wurden in die bunten Cognacgläser gepackt. Ganz nach dem Motto: Einheitlich gibt es nicht! Kunterbunt wurde die ganze Wohnung geschmückt. Beim

Durchsuchen der Schubladen nach mehr Dekorationsmaterial, fand sie einen Bogen buntes Bastelpapier.

»Lass uns Scherenschnitte basteln!«, rief sie begeistert.

Er lachte herzlich und besorgte zwei Scheren. Sie setzten sich an den nun bunt geschmückten Küchentisch und schnitten fleißig Scherenschnitte. Die ersten sahen etwas sehr notdürftig aus, doch als sie ein wenig mit dem Falten experimentieren und geometrischere Schnitte ansetzten, klappte es doch ganz gut. Mit etwas Tesafilm hefteten sie die farbigen Schnittmuster an die Fenster und beglückwünschten sich gegenseitig zu ihren Kunstwerken. Es war mittlerweile halb drei Uhr morgens. Hundemüde schlichen beide ins Bett und kuschelten sich unter die warmen Decken ein. Sie schliefen lange und frühstückten am nächsten Tag gemächlich.

Bald wurde es Abend. Heiligabend. Es klingelte an der Tür. Beide hatten den Tag damit zugebracht, das Weihnachtsessen zu kochen, welches nun heiß und dampfend auf dem Tisch bereitstand. Er stürmte ganz aufgeregt zur Tür, so sehr hatte er sich schon lange nicht mehr gefreut. Er drückte den Knopf, um die Türe unten zu öffnen, und horchte gespannt den Schritten seiner Familie entgegen.

Da kam auch schon der kleine Sonnenschein hereingerannt und umarmte ihren Opa. Hinter ihr erschienen die stolzen Eltern, der Onkel und dessen Frau. Alle waren sie versammelt und bestaunten, die kunterbunte Weihnachtsdekoration, den etwas schiefgeschmückten Baum und das leckere Weihnachtsessen, welches ihnen schon von Weitem entgegenduftete.

Er drehte sich mit einer Freudenträne in den Augen um, und sah einen leeren Stuhl. Sie war weg.

»Wo ist sie?«, brachte er hervor.

Die ganze Familie schaute ihn verdutzt an.

»Wen meinst du?«, fragte Niska, »Hast du etwa noch weiteren Besuch eingeladen?«

»Sie war hier! Sie hat mit mir den Weihnachtsbaum geholt, alles dekoriert und mir beim Zubereiten des Bratens geholfen«, stammelte er.

»Von wem redest du denn?«, fragte Lio verwirrt.

»Na von eurer Mutter!«, sagte er. Die Familie schaute ihn bedrückt an.

»Du weißt doch, dass Mama schon seit fast sechs Jahren tot ist«, versuchte Niska vorsichtig zu sagen.

»Sie war aber hier!«, beharrte er. Als er merkte, dass ihm niemand glaubte, wechselte er das Thema und bat alle zu Tisch. Etwas beklommen nahm die Familie Platz. Ihm fiel auf, dass er vergessen hatte den Wein aufzudecken und lief nochmals zur Küche. Da saß sie. Lächelnd auf einem Küchenstuhl.

»Was…«, weiter kam er nicht.

»Pssscht! Ich hatte mir so sehr gewünscht, euch alle nochmals zu sehen an Weihnachten. Einfach nochmal vorbeizukommen, so dass ein kleines Engelchen sich meiner erbarmte und mir diesen Wunsch erfüllte. Die Bedingung war jedoch, dass keiner mich sehen darf! Als ich dich gestern so traurig sah, konnte ich nicht anders und nahm Gestalt an. Ich bin so gesehen ein guter Weihnachtsgeist. Und ich wusste, du würdest es für dich behalten können, aber ich kann das nicht der ganzen Familie erklären, wenn das rauskommt, dann bringe ich das ganze weltliche Gleichgewicht in Gefahr. Es darf niemand von mir wissen. Ich bin nach wie vor da, aber ich habe mich nur dir gezeigt. Dir, meiner Liebe. Damit du dein Lächeln zurückgewinnst, und erkennst, wie schön das Weihnachtsfest und wie wichtig dieses Lächeln für alle ist, die an diesem Tisch sitzen. Inklusive mir. Selbst wenn du mich gleich nicht mehr sehen kannst, bitte sei dir gewiss, dass ich immer da bin. Von Tag zu Tag begleite ich euch, ich passe auf euch auf, als kleiner Schutzengel und ständiger Begleiter. Und solange ihr an mich denkt, werde ich immer in euren Herzen sein und in dieser Form weiterleben können. Bitte vergiss mich nicht. Bitte vergiss nicht, wie viel du mir bedeutest und wie wichtig du, die Kinder und die kleine Charlene mir sind«, erklärte sie ihm.

Er schloss sie wortlos in seine Arme. Eine weitere Träne rann ihm übers Gesicht.

»Danke«, flüsterte er. Er spürte, wie sie sich langsam aufzulösen schien, doch er wusste nun, dass sie nie ganz weg sein würde. An diesem Heiligabend hatte sie ihm das Schönste zurückgegeben: sein Lächeln. Er nahm sich fest vor, dieses nie wieder zu verlieren und dankbarer zu sein, für jeden Tag. Er nahm sich vor, öfters zu helfen und anderen Menschen ebenfalls ein Lächeln aufs Gesicht zu zaubern. Somit waren die guten Vorsätze fürs neue Jahr auch schon gesetzt.

Glücklich kehrte er zu seiner Familie zurück. Den Wein hatte er in der Küche vergessen, aber das machte nichts, sie verbrachten einen wunderbaren Weihnachtsabend, mit leckerem Essen, tollen Geschenken und viel Freude und Lachen. Die kleine Charlene hatte sogar ein Weihnachtsgedicht auswendig gelernt, welches sie nun voller Stolz vortrug und allen ging es an diesem Abend irgendwie ein bisschen besser als sonst.

❧ *Offener Brief an den* *Weihnachtsmann* ❧

imon setzt sich in seinem Bett auf und griff nach Stift und Papier. Mit aller Kraft konzentrierte er sich und fing an zu schreiben:

»Lieber Weihnachtsmann,

Mein Name ist Timon. Ja, wie der Timon von Timon und Pumba aus König der Löwen. Ich mag meinen Namen. Diesen Brief schreib ich dir, weil ich mir zum ersten Mal in meinem Leben zu Weihnachten etwas wünsche. Ich schreibe dir aus dem Universitätsspital Zürich, das ist ein Krankenhaus in der Schweiz. Schon seit über einem halben Jahr bin ich hier.

Im Sommer wurde ALL bei mir diagnostiziert. Diagnostiziert ist ein Wort, welches ich damals neu lernte. Es bedeutet, dass die Ärzte eine Krankheit gefunden haben. ALL, also akute lymphatische Leukämie ist das zweite Wort, das mir seither im Gedächtnis bleibt. Die Ärzte haben mir erklärt, dass ALL im Knochenmark entsteht. Leukämie heißt Blutkrebs. Meine eigenen weißen Blutkörperchen versuchen, mich umzubringen. Zumindest klang es so, als die Ärzte im Beisein meiner Eltern versucht haben, mir das alles zu erklären. Mittlerweile hasse ich das neue Wort. Sie sollten es umbenennen, in etwas, was grausamer klingt.

Gestern habe ich ein Gespräch zwischen meinen Eltern und Dr. Oktavo mitgehört. Er hat ihnen gesagt, dass die Chemotherapie bei mir nicht anschlägt. Sie wussten nicht, dass ich sie hören konnte. Meine Mama hat sehr viel geweint. Sie weint nie, wenn sie mich besuchen kommt. Papa hat nicht geweint, aber er war auch sehr traurig. Chemotherapie ist das dritte Wort, das ich im letzten halben Jahr gelernt habe. Es bedeutet, dass ich Schläuche in den Arm und in den Hals gesteckt bekomme, dort wo das Blut durchläuft und sie mir durch die Schläuche dann Medikamente geben. Seit etwa einem Monat bedeutet es zusätzlich, dass ich in einen Raum muss und dort mein Kopf bestrahlt wird. Das finde ich doof. Bei den Schläuchen darf meine Mama dabei sein. In den Raum darf aber niemand mit. Ich bin dort ganz alleine. Das ist ätzend! Ich bin erst elf und versuche tapfer zu sein, doch die Geräte in dem Raum machen mir Angst. Das Schreiben ist sehr anstrengend für mich, deshalb werde ich hier eine Pause machen und morgen weiterschreiben.«

Timon legte den Zettel und den Stift weg. Er war müde und erschöpft. Seine Schmerzen wurden wieder schlimmer, doch er wusste, dass er versuchen musste, etwas zu schlafen. Er drehte sich zur Seite und schloss die Augen.

Am nächsten Morgen wurde er von einer Krankenschwester geweckt. Sie brachte ihm Frühstück. Ein gepelltes Ei, ein frischgebackenes Hörnchen, etwas Butter, Himbeerkonfitüre und ein Glas frisch gepressten Orangensaft. Timon aß von allem ein wenig und ließ den Rest kommentarlos stehen. Er schob den dreckigen Teller zur Seite und schaffte etwas Platz auf der Ablage, dann drehte er sich um und griff nach dem angefangenen Brief vom Vortag. Kurz überlegte er, wie er am besten weiterschreiben sollte. Er entschied sich, seinem Bauchgefühl freien Lauf zu lassen, und setzte den Stift an:

»Lieber Weihnachtsmann,

Ich konnte etwas schlafen, doch nicht viel. Ein wenig gegessen habe ich auch, aber mir wird schnell schlecht, so dass ich kaum eine volle Mahlzeit schaffe. Ich versuche es trotzdem immer wieder, denn die Ärzte sagen mir, es ist wichtig, Nahrung zu mir zu nehmen, um schnell gesund zu werden. Und das möchte ich! Ich möchte gesund werden. Ich vermisse es, mit meinen Freunden auf dem Pausenhof zu spielen. Am Anfang besuchten sie mich noch ab und zu im Krankenhaus, doch mittlerweile kommen nur noch meine Eltern. Ich vermisse meine Freunde. Wir haben oft zusammen auf dem Pausenhof Fußball gespielt. Ich war zwar nicht der Beste in der Mannschaft, aber wir hatten immer eine Menge Spaß.

Jetzt liege ich die meiste Zeit nur im Bett. Mir fehlt die Kraft herumzutoben. Meist werde ich schon müde, wenn ich nur ein paar Schritte laufe.

Früher wusste ich nie, was ich mir zu Weihnachten wünschen sollte. Heute wünsche ich mir: Gesund zu sein! Ich möchte den Krebs besiegen und endlich wieder mit meinen Freunden über den Schulplatz toben. Ich möchte meine Mama nie wieder weinen sehen. Ich will meinen Papa wieder lachen sehen. Mein größter Wunsch wäre es, an Weihnachten zuhause zu sein. Bitte lieber Weihnachtsmann, bitte, bitte lass meinen Wunsch in Erfüllung gehen. Ich war sehr brav und tapfer in diesem Jahr und ich werde auch nächstes Jahr brav und tapfer bleiben.«

Erschöpfung übermannte Timon abermals und er schaffte es gerade noch, den Stift und den Brief zur Seite zu legen, bevor er erneut einschlief.

Als er aufwachte, war er nicht mehr im Krankenhaus. Über ihm erstreckte sich ein großes Holzdach. Er lag in einem fremden Bett und um ihn herum wuselten flinke Elfen umher.

»Er ist wach, er ist wach!«, rief eine der Elfen aufgeregt, als sie bemerkte, dass ihr Gast aufgewacht war.

Alarmiert durch den Ruf der kleinen Elfe, kam der Weihnachtsmann ins Zimmer.

»Hallo Timon. Schön, dass du aufgewacht bist!«, grüßte er freundlich.

»Wo bin ich?«, fragte Timon verwirrt.

»Du bist am Nordpol, ich habe deinen Brief erhalten«, antwortete der Weihnachtsmann.

»Den Brief habe ich doch noch gar nicht losgeschickt?«, fragte Timon verdutzt.

»Trotzdem hat er mich erreicht. Ich bin der Weihnachtsmann, ich hab da so meine Mittel und Wege«, grinste der Weihnachtsmann.

Dann wurde er ernst: »Hör mir mal gut zu Timon. Du hast mich darum gebeten, dich wieder gesund zu machen, doch ich möchte dir gleich sagen, dass mir das leider nicht möglich ist. Ich kann vieles, aber leider keine kranken Kinder heilen.«

Timon biss sich auf die Unterlippe. Der Weihnachtsmann war seine letzte Hoffnung gewesen. Enttäuscht ließ er den Kopf hängen. War denn nun alles verloren?

»Na, na, ich hab dich doch nicht umsonst hierher gebracht. Sei nicht gleich enttäuscht, ich möchte dir noch einiges zeigen«, sagte der Weihnachtsmann und nahm Timon an die Hand.

Gemeinsam gingen sie aus dem Schlafzimmer und kamen in eine riesige Halle, hier waren noch viel mehr Elfen. Eine ganze Heerschar wuselte um diverse Tische und Bänke herum. Timon wurde ganz schwindlig von den hektischen Bewegungen der Elfen. Der Weihnachtsmann stützte ihn.

»So Timon, das ist die Hauptzentrale, hier werden alle Geschenke gemacht und verpackt. Alles geht hier seinen geordneten Gang. Jeder hat seine Aufgaben und jeder hilft dem anderen, wenn es nötig ist. Wir sind wie eine große Familie!«, erklärte ihm der Weihnachtsmann.

Timon war überwältigt von der Größe der Halle und der Dynamik der fleißigen Elfen.

»Danke lieber Weihnachtsmann, dass du mir das zeigst, nur leider weiß ich nicht mal, ob ich das nächste Weihnachten noch erleben werde. Ich habe so sehr auf ein Weihnachtswunder gehofft. Ich möchte zurück nach Hause. Zu meinen

Eltern. Ich mag das Krankenhaus nicht mehr, auch wenn die Ärzte und Schwestern dort sehr nett zu mir sind. Ich vermisse meine Freunde, meine Schule und ich will meine Mama nie wieder wegen mir weinen sehen.«

Der Weihnachtsmann nickte: »Ja, Timon, das kann ich gut verstehen. Deswegen habe ich dich auch hierhergebracht. Ich kann dich zwar nicht heilen, aber ich kann dafür sorgen, dass du die Angst vor dem Tod verlierst. Jeder Mensch hat nur eine begrenzte Lebenszeit auf Erden, manche Menschen überdauern Jahrzehnte, andere müssen schon im Kindesalter von uns gehen. Auf das hat leider niemand einen Einfluss. Ich weiß nicht, wann deine Zeit kommen wird, aber ich weiß, was nach dem Tod passiert, deshalb möchte ich dir gerne jemanden vorstellen. Bist du bereit? Dann nimm meine Hand!«

Gemeinsam gingen sie hinaus in die Kälte. Vor dem riesigen Gebäude wartete schon geduldig der Rentierschlitten des Weihnachtsmannes. Sie stiegen beide ein und die Fahrt ging los. Immer höher stiegen sie hinauf, bis weit über den Wolken. In der Ferne tauchte plötzlich ein Gebäude auf. Ein schwarzes Schloss ragte weit über den Wolken empor. Es schien zu schweben.

Der Weihnachtsmann hielt kurz vor dem Schloss an und drehte sich zu Timon um: »Ich kann nicht mit hineinkommen, aber dort drin wartet schon jemand auf dich.«

Timon nickte und als sie beim Schloss ankamen, ging er alleine hinein. Der Weihnachtsmann versprach zu warten.

Das Schloss war hell erleuchtet, dennoch herrschte eine drückende Stimmung. Am Ende des großen Saales saß ein älterer Herr, mit Brille und Bart, ganz in Schwarz gehüllt.

»Willkommen.« Der Tod musterte Timon von oben bis unten.

»Hallo, der Weihnachtsmann hat mich hierhergebracht«, sagte Timon schüchtern.

»Ja, ich weiß. Nun, du hast Fragen?«

»Wieso ich? Wieso muss mir das passieren? Was geschieht denn jetzt mit mir? Wohin gehe ich nun? Bin ich schon tot? Was ist mit meinen Eltern?«, sprudelte es aus Timon hervor.

»Ja, du hast wohl Fragen«, schmunzelte der Tod, »eins nach dem anderen. Nein, du bist noch nicht tot. Der Weihnachtsmann hat die Welt angehalten und dich hierhergeholt. Ab und zu, macht er das. Er bringt Menschen wie dich hier her. Nicht nur Kinder. Alle, die Angst vor dem Tod haben. Dabei muss man vor mir keine Angst haben, ich gehöre einfach zum Kreislauf des Lebens«, sagte der Tod.

»Aber warum ich? Ich bin doch noch so jung!«, platzte es aus Timon heraus.

»Ja, du bist noch sehr jung. Und mutig. Das sehe ich. So spricht nicht jeder zum Tod. Da gehört schon eine ordentliche Portion Mut zu. Timon, du sollst wissen, dass jeder Mensch, eine bestimmte Lebensdauer geschenkt bekommt. Leider ist diese Lebensdauer nicht immer lang. Daran können weder du noch ich etwas ändern. Ich hole die Menschen nur, wenn ihre Zeit abgelaufen ist, doch die Dauer, die bestimmt niemand. Nicht einmal ich. Und niemand kennt sie, außer mir. Doch ich darf sie nicht verraten, ein sogenanntes Berufsgeheimnis.«

»Das heißt, du bestimmst gar nicht, wer stirbt und wer leben darf?«, fragte Timon entgeistert.

»Korrekt. Ich sehe lediglich, wie viel Lebenszeit den Menschen noch bleibt und hole sie, sobald diese abgelaufen ist«, wiederholte der Tod.

»Kannst du mir denn sagen, wie lange mir noch bleibt?«, fragte Timon enttäuscht.

»Ja, das könnte ich. Aber Timon, was würde es für dich ändern? Solange deine Zeit noch nicht gekommen ist, wirst du leben. Es wird gute und schlechte Tage geben, deine Eltern werden mal glücklicher, mal weniger glücklich sein. Doch jeder einzelne Moment ist wertvoll. Er gewinnt nicht erst an Bedeutung, wenn du das Ende kennst«, sagte der Tod.

Timon nickte. Er verstand auf einmal, was der Tod ihm eigentlich sagen wollte. Es war nicht leicht, vor allem nicht mit so einer schlimmen Krankheit, doch jeder Moment war kostbar. Er sollte aufhören, darüber traurig zu sein. Er bedankte sich und verließ das Schloss voller Zuversicht. Er würde es besser machen, er würde es nicht mehr zulassen, dass ihn die Traurigkeit und die Verzweiflung beherrschten. Er würde kämpfen und dankbar sein, für jeden Tag, der ihm noch blieb. Der Weihnachtsmann wartete schon auf ihn.

»Und? Was hat der Tod gesagt? Konnte er dir helfen?«, fragte er neugierig.

»Der Tod war sehr nett zu mir. Gar nicht so gruselig, wie ich ihn mir immer vorgestellt hatte. Und ja, er konnte mir helfen, er hat mir neuen Mut gegeben und mir aufgezeigt, dass jeder neue Tag ein gewonnener Tag ist. Ein Tag, an dem man versuchen sollte, ihn voll zu nutzen und das Leben auszukosten.«

»Hat er dir gesagt, wann deine Zeit kommen wird?«, fragte der Weihnachtsmann.

»Nein.«

»Na dann hoffen wir mal, dass du noch ein paar Tage haben wirst! Wo möchtest du gerne hin? Willst du nach Hause?«

»Ja, ich würde jetzt gerne zu meinen Eltern. Ich will sie gerne sehen und sie in den Arm nehmen«, sagte Timon.

»Kein Problem, wir sind schon unterwegs!«, rief der Weihnachtsmann und spornte seine Rentiere zur Eile an. Im Nu waren die beiden zurück. Doch nicht bei Timons Eltern, sondern in Timons Krankenhauszimmer.

»Ich dachte, du bringst mich nach Hause?«, fragte Timon verdutzt.

»Das würde zu viel Tumult verursachen, doch ich bringe deine Eltern hierher. Versprochen!«, sagte der Weihnachtsmann und war in der nächsten Sekunde mitsamt dem Schlitten verschwunden.

Timon legte sich brav ins Bett und dachte über die Worte vom Tod nach. Wenige Minuten später stürmten seine Eltern ins Zimmer.

»Timon, wir haben uns Sorgen gemacht, du warst eine ganze Nacht lang weg!«, rief seine Mutter aus.

»Keine Sorge Mama, ich habe nur mit dem Weihnachtsmann und dem Tod geredet«, beschwichtigte Timon sie.

Der gewünschte Effekt blieb leider aus. Etwas verstört sahen sich seine Mutter und sein Vater an. Sie waren froh, dass er wieder bei ihnen war, wussten jedoch nicht genau, was sie auf diese Geschichte erwidern sollten. So umarmten sie Timon einfach nur und schwiegen.

Zur gleichen Zeit, hoch über den Wolken traf sich der Weihnachtsmann mit dem Tod.

»Nett von dir, dass er noch mal zu seinen Eltern durfte«, sagte der Weihnachtsmann.

»Seine Zeit ist noch nicht gekommen«, sagte der Tod nüchtern.

»Und wann wird seine Zeit kommen?«, fragte der Weihnachtsmann forschend.

»Du machst dir wohl Sorgen um den Kleinen?«, fragte der Tod.

»Ja, er ist ein guter Junge…«, erwiderte der Weihnachtsmann.

»Sei unbesorgt, diesen Jungen werde ich erst in siebzig Jahren wiedersehen«, sagte der Tod und biss genüsslich in einen Weihnachtskeks. Der Weihnachtsmann atmete auf. Es geschahen eben doch noch Weihnachtswunder.

❧ *Weihnachtselfe* ☙

Ich liege mal wieder schlaflos in meinem kuschelwarmen Bett und drehe mich genervt von einer Seite zur anderen. Seufzend gebe ich es nach einiger Zeit auf. Das mit dem Einschlafen sollte ich wohl nochmals üben. Ich fummle nach dem Nachttischlichtschalter und hole ein Buch unter dem Bett hervor, dessen Titel schon viel über die Geschichte aussagt: ›Emilies Fantasiewelt‹. Ich mag Fantasy-Bücher. Sie laden zum Träumen ein und helfen die Fantasie anzuregen. Apropos Fantasie, bald ist Weihnachten. Doch obwohl ich auf fantastische Geschichten stehe, mag ich Weihnachten nicht sonderlich, da mir das Ganze sehr geheuchelt und unwirklich vorkommt. Schlussendlich ist es doch nur für die Geschäfte gut und nichts weiter. Ich muss gähnen. Von den vielen Gedanken werde ich langsam wieder müde und so lösche ich das Licht, lege das Buch wieder zurück an seinen Platz und schließe die Augen. Doch hinter meinen geschlossenen Liedern fängt es nach einigen Sekunden an, rot und blau aufzuleuchten, so als würde jemand eine Leuchtkerze direkt vor mein Gesicht halten. Vermutlich spielt mir mein Gehirn irgendeinen Streich, der auf die Übermüdung zurückzuführen ist und so drehe ich mich nur um und ziehe die Decke etwas höher. Doch nach wenigen Sekunden ist es wieder so hell, so dass ich genervt die Augen öffne. Ich erschrecke. Schnell schließe ich die Augen wieder und überlege mir, ob ich wohl schon eingeschlafen war und das alles grade nur ein Traum sei. Vorsichtig öffne ich meine Augen um einen Spalt breit und erstarre. Vor mir flattert eine Fee. Oder zumindest glaube ich, dass es eine Fee ist. Diese Fee ist etwa zehn Zentimeter groß, hat hellblondes Haar, eine rote Weihnachtsmütze auf und ein verschmitztes Lächeln auf dem Gesicht. Ihre Flügel erstrahlen in allen möglichen Regenbogenfarben, sie schillern und leuchten im Dunkeln und sind wohl der Grund für die roten und blauen Punkte, die ich mit geschlossenen Augen vorhin wahrgenommen habe. Ein mulmiges Gefühl beschleicht mich. Träume ich? Zögerlich strecke ich meine Hand der Fee entgegen, ich habe den seltsamen Wunsch, das kleine Ding zu berühren.

Die Fee kreischt: »He! Was soll denn das werden?! Sag mal, bei dir tickt's wohl nicht mehr ganz richtig?!«

Erstaunt entschuldige ich mich: »Tut mir leid, kleines Wesen. Ich möchte nur sichergehen, dass es dich auch wirklich gibt und du nicht nur eine Traumgestalt bist, oder bist du eine? Ich wollte dich auf keinen Fall kränken!«

Die Fee beruhigt sich und antwortet: »Na gut, das kann ich verstehen.«

Etwas keck fügt sie hinzu: »Natürlich bin ich keine Traumgestalt, so etwas Großartiges kannst du dir doch gar nicht erträumen!«

Mit diesen Worten fliegt sie auf mich zu und kneift mich kräftig in meinen linken Oberarm. Ich jaule auf. Sie erwischt genau die Stelle, an der ich mir vor ein paar Tagen eine Beule beim Sport eingefangen habe und die noch höllisch schmerzt, auch ohne, dass eine Fee da rein kneift.

Verärgert sehe ich zur Fee hoch: »Musste das

sein? Ich hätte es dir auch so geglaubt. Und selbst wenn ich träume, macht es ja keinen Unterschied, da ich ja scheinbar nicht aufwache… Also was willst du hier?«

»Entschuldige, ich dachte, du wolltest dich davon überzeugen, dass du nicht träumst. Ich habe gehört, bei euch Menschen ist es so üblich, dass man sich dann kneifen lässt. Du bist ja nicht gerade begeistert oder überrascht mich zu sehen. Das erlebe ich selten«, antwortet die Fee etwas perplex.

»Ja aber dann kneift man doch nicht so heftig«, gebe ich zurück.

Die Fee lächelt nur schadenfroh und winkt mich zu sich ans Fenster. Gespannt sehe ich zum Fenster hinaus und schaue dann enttäuscht die Fee an. Ich habe irgendwie gehofft, vielleicht gar erwartet, etwas anderes, als die übliche Schneelandschaft, die dekorierten Straßen und Häuser meiner Nachbarschaft und den ganzen restlichen Weihnachtskitsch zu sehen.

»Ja und jetzt?«, frage ich verwirrt.

»Na ja, da die meisten Eltern für ihre Kinder

jetzt selbst Geschenke kaufen und wir Helfershelfer – die Elfen vom lieben Weihnachtsmann, zu denen ich auch gehöre – einfach nicht mehr ganz so viel zu tun haben, bekommen wir Spezialaufträge von den Engeln. Während der Weihnachtszeit sind diese leider vollkommen überfordert und mehr als ausgelastet mit den ganzen Gebeten und Wünschen der Menschen«, fängt die Elfe an zu erzählen.

Eine Elfe also, schießt es mir durch den Kopf. Eine Weihnachtselfe. Innerlich seufzend über meine viel zu angeregte Fantasie höre ich dann aber doch weiter zu.

»Mein Auftrag besteht jetzt darin, so Weihnachtsmuffel wie dich für eines der schönsten Feste im Jahr zu begeistern«, schließt die Elfe ihre Erzählung.

»Und du bist sicher eine Elfe und keine Fee?« Eine bessere Frage fiel mir spontan nicht ein.

»Ja natürlich! Sieht man das nicht?«, erwidert sie stolz.

Ich schaue sie irritiert an und frage mich, warum immer ich so vollkommen abgedrehte

Träume haben muss. Die Elfe wiederum starrt mich an und ich würde auch zu gerne wissen, was sie gerade denkt. Scheinbar können Elfen Gedanken lesen, denn sie fliegt auf mich zu und kneift mich erneut kräftig in den rechten Oberarm.

»Hey! Hatten wir das nicht eben schon?! Ich hab dir doch gesagt, dass es nicht nötig ist mich dauernd zu kneifen! Und das tut echt weh!«, jammere ich.

»Tja, du glaubst mir ja scheinbar immer noch nicht, dass ich wirklich existiere. Außerdem: Schau mich nicht so vorwurfsvoll an, das ist eine ›Menschenidee‹ mit diesem ›In-die-Arme-Kneifen‹, auf sowas Bescheuertes könnt auch nur ihr kommen!«, schnauzt mich die Elfe an.

Ich merke langsam, dass ich ihr wohl glauben sollte, wenn ich nicht will, dass das die restliche Nacht so weiter geht. Also lasse ich mich leicht widerwillig auf die vollkommen abstruse Idee einer realen Fee, ähm ich meine natürlich Elfe, nachts um halb drei in meinem Schlafzimmer, ein.

»Gut, du willst also, dass ich Weihnachten plötzlich ganz toll finde. Und wie willst du das anstellen? Bestäubst du mich jetzt mit so Weihnachtspuder oder so etwas?«, frage ich die Elfe.

Sie erwiderte lachend: »Nein, nein! Du sollst ja nicht gezwungen werden. Ich denke, wir reden erst mal ein wenig darüber und dann schauen wir mal weiter.«

Das Ganze kommt mir langsam wie in einer schlechten Therapiesitzung für Glaubensfindung vor. Wenn die Elfe wirklich Gedanken lesen kann, hat sie den Letzten wohl geflissentlich überhört.

»Warum magst du denn Weihnachten nicht so sonderlich?«, fragt sie mich direkt.

»Na ja. Ganz im Ernst? Dieses geheuchelte ›wir-haben-uns-jetzt-alle-lieb‹ für einen Tag lang, finde ich ziemlich daneben. Es kommt mir falsch und gestellt rüber. Außerdem bin ich kein Fan vom christlichen Glauben, das heißt, an diese ganze Jesus-Geschichte kann ich auch nicht wirklich glauben. Na ja, das Einzige was dann noch übrig bleibt, sind die Geschenke und die sind ja nur reine Geldmacherei! Das hat nichts mit Nächstenliebe zu tun und nervt nur noch«, erzähle ich frei heraus.

Die Elfe nickt nachdenklich: »Weihnachten muss nicht zwingend ein religiöses Fest sein. Jede Kultur und jede Religion hat andere Tage, die gefeiert werden. Und glaube mir, genauso wie ich für die Weihnachtsmuffel eingeteilt bin, gibt es Elfen, die für Chanukka oder das japanische Neujahrsfest eingeteilt sind. Es mag ja sein, dass es etwas geheuchelt wirkt. Aber an diesen Tagen erinnern sich die Menschen an die wahren Werte im Leben und konzentrieren sich auf das Wesentliche. Genau das wollen wir Elfen, in Zusammenarbeit mit allen Engeln, guten Geistern und sonstigen Helfern, fördern. Deshalb ist es auch so wichtig, dass du das Wesentliche an Weihnachten erkennst und den Weihnachtszauber in dein Herz lässt!«

Ich schaue die Elfe etwas skeptisch an. Das ergibt schon Sinn, was sie da sagt. Aber so richtig daran glauben kann ich nicht. Was für wahre Werte denn überhaupt? Und warum ist es denn eigentlich so wichtig, dass gerade ich daran glauben soll? Ich schaue die Elfe sehr zweifelnd an und frage mich, was sie wohl erwidern würde, wenn ich ihr sage, dass es halt einfach nichts für mich ist.

Doch die Elfe lässt mich gar nicht zu Wort kommen: »Ich hab eine Idee!«

Mit einem lauten ›Puff‹ verschwimmt alles um mich herum und beginnt sich aufzulösen. Verwirrt sehe ich, wie ich in eine Art magischen Strahl hineingezogen werde und wenige Sekunden später stehe ich in einem kleinen Dorf auf dem Marktplatz. Ich habe keine Ahnung, wo genau ich mich befinde.

Schließlich grinse ich ein wenig, denn dieses typische ›Puff‹ für das Wegzaubern einer Elfe ist doch ein wenig zu sehr an Comics angelehnt, als dass ich es für real empfinde. Vielleicht träume ich trotzdem? Der darauffolgende Schmerz in meinem linken Oberarm wiederum fühlt sich sehr real an. Tadelnd schaut mich die Elfe an und bringt sich dann schnellstens in Sicherheit, als ich versuche, nach ihr zu greifen.

»Ich schwöre dir, wenn du das noch einmal machst…«, knurre ich ihr zu.

»Na dann hör auf, ständig zu denken, dass ich nicht existiere und dass das hier alles nur ein verrückter Traum sei! Da steckt eine Menge Arbeit dahinter! Das ist echt nicht fair, dass du das nicht einmal jetzt glaubst, wo ich mir sogar die Mühe gemacht habe dich hierher zu bringen«, erwidert sie schmollend.

»Apropos, wo sind wir eigentlich und was machen wir hier?«, frage ich.

»Du wirst hier zu deinem eigenen Weihnachtsgeist zurückfinden«, antwortet die Elfe fröhlich und verschwindet ohne weitere Vorwarnung mit einem weiteren ›Puff‹. Verwirrt stehe ich im Schnee.

»Hey?! Warte mal! Was soll das heißen? Wo bist du hin? Wo bin ich hier überhaupt? Hallo?«, rufe ich in den Schnee hinein.

Doch ich bekomme keine Antwort. Mir ist mittlerweile ganz schön kalt. Na kein Wunder, die liebe Elfe hat ja nicht daran gedacht, dass ich mich vor so einer Reise vielleicht gerne wettertauglich anziehen würde. So stehe ich also in Socken und meinem Schlafanzug in gut zwanzig Zentimeter Neuschnee und habe keine Ahnung, wo ich bin und was ich hier machen soll. Wütend schreie ich noch ein wenig in der Gegend herum, in der Hoffnung, die Elfe würde Mitleid bekommen und mich nach Hause bringen. Doch ich merke schon bald, dass es wenig Sinn ergibt. Zumindest bin ich jetzt wirklich überzeugt, dass das kein Traum mehr ist, denn die Kälte kriecht langsam von meinen Füssen durch meinen Körper hoch und ich schlottere am ganzen Körper. Ich sehe mich ein wenig um und stelle fest, dass es wohl das Beste ist einfach mal bei einem der Häuser dieses Dorfes zu klopfen und zu fragen, ob ich dort vielleicht das Telefon benutzen könnte, damit ich wieder nach Hause komme. Also stapfe ich los und kämpfe mich durch den Neuschnee. Ich klopfe an der ersten Haustür, die ich erreiche. Ich wundere mich ein bisschen, dass es keine Klingel gibt, denke aber nicht weiter darüber nach. Zum Glück wird die Tür geöffnet. Vor mir steht eine ganze Familie, bestehend aus einem Vater, einer Mutter und drei kleinen Kindern. Verdutzt sehen sie mich an. Vermutlich haben sie nicht mit Besuch gerechnet. Na kein Wunder, es ist ja Weihnachtsmorgen. Daran habe ich gar nicht mehr gedacht. Ich fühle, wie mir das Blut in den Kopf schießt.

»Guten Tag. Ähm, ich meine natürlich guten Morgen. Und ähm, fröhliche Weihnachten natürlich. Es tut mir leid, dass ich Sie störe. Ich muss wohl geschlafwandelt sein und habe mich verlaufen. Kann ich vielleicht Ihr Telefon benutzen, um nach Hause zu telefonieren, damit mich jemand hier abholen könnte? Ich wäre Ihnen sehr verbunden«, stottere ich.

Ich bin etwas stolz darauf, dass mir so schnell eine einigermaßen plausible Erklärung für meine komische Erscheinung eingefallen ist. Das mit der Weihnachtselfe hätte mir sowieso keiner geglaubt. Zudem bin ich nicht unbedingt scharf drauf, in meiner misslichen Lage als verrückt abgestempelt zu werden, auch wenn ich mir im Moment selbst nicht so sicher über meine eigene, geistige Gesundheit bin.

»Guten Tag. Kommen Sie doch erst einmal herein. Da draußen ist es ja bitterkalt!«, begrüßt mich die Mutter freundlich.

Dankbar trete ich in das kleine Häuschen und sehe mich neugierig um. Es ist spärlich eingerichtet. Eine Heizung gibt es nicht, soweit ich sehen konnte. Dafür einen Kamin, der scheinbar gerade so ausreicht, um den Wohnbereich einigermaßen warm zu halten. Es gibt nur drei weitere Türen, wovon eine offen stand, also vermutlich auch nur vier Zimmer und keine Treppe, die zu einem zweiten Stock führen könnte. Da das eine Zimmer offensichtlich die Küche und den Essraum in sich vereint und ein anderes offensichtlich das Badezimmer ist, müssen sich die drei Geschwister wohl ein Zimmer teilen. Das finde ich schon sehr speziell, denn ich bin es gewohnt, als Einzelkind einer Mittelstandsfamilie, mein eigenes Zimmer und meine Privatsphäre zu haben. Aber das alles geht mich ja nichts an und so folge ich der Familienmutter in den Wohnbereich, in dem sie mir einen Stuhl in der Nähe des Kamins anbietet. Dankbar setze ich mich, und fühle mich irgendwie genötigt, etwas zu sagen.

Doch bevor ich weiß, was ich am besten sagen soll, spricht die Mutter mich an: »Entschuldigen Sie die Unordnung. Wir haben nicht mit Besuch gerechnet.«

Von Unordnung kann man nun wirklich nicht sprechen, denn in diesem Haus sind nicht einmal genug Dinge vorhanden, damit überhaupt Unordnung herrschen könnte. Aber ich will die Familienmutter nicht unterbrechen und beschließe, erst einmal zuzuhören.

»Ich würde Ihnen ja gerne anbieten, dass Sie hier telefonieren können, aber leider funktionieren momentan die Telefonleitungen im ganzen Dorf nicht mehr. Das ist wohl durch den Schnee bedingt. Sie sind wohl gezwungen zu warten, bis einer von der Telefonfirma vorbeikommt. Die meinten, dass sie, sobald es geht, jemanden schicken würden. Also sollte spätestens heute Nachmittag jemand hier sein. Kann ich Ihnen vielleicht etwas zu trinken anbieten und Sie einladen, mit uns zu essen?«, fragt sie.

Ich bin also vermutlich in irgend so einem Berg-Kaff gefangen. Ich nehme das Angebot und die Essenseinladung höflich dankend an und beschließe, das Beste aus der Situation zu machen. Im Verlauf des Morgens höre ich allerlei Geschichten aus der Region, in der ich mich befinde, Wintermärchen und Legenden. Die Kinder erzählen mir ganz aufgeregt von der schönsten Tradition, die es im Dorf gibt. Weil die meisten Familien hier zu arm sind, um sich einen Weihnachtsbaum zu leisten, kauft der Bürgermeister jedes Jahr einen Weihnachtsbaum für das Dorf und errichtet ihn auf dem Dorfplatz. Am Weihnachtsabend kommt jeder Bürger vorbei, um diesen Baum zu schmücken. Danach wird auf dem Dorfplatz zusammen gesungen und gefeiert. Ich finde das eine wundervolle Idee und komme nicht umhin, mich von der Fröhlichkeit dieser Kinder anstecken zu lassen. Sie freuen sich so sehr auf diesen Weihnachtsbaum und auf diesen ganzen Tag mit den Geschichten, dem guten Essen und der lieben Familie, dass ich automatisch lächeln muss, wenn sie wieder etwas erzählen. Ich bin über mich selbst erstaunt, denn normalerweise tue ich mich eher schwer mit Kindern. Aber diese hier sind so fröhlich und so einfach, dass es mir irgendwie leichtfällt, mit ihnen zu reden und sogar mit ihnen zu spielen. Dann werden wir endlich zum Essen gerufen. Durch das Zuhören von den Geschichten und dem Herumtollen mit den Kindern habe ich richtig Hunger bekommen. Gespannt setze ich mich an den Tisch und warte, bis aufgetragen wird. Vor mir steht ein Teller mit zwei Kartoffeln und einem kleinen Stück Fleisch, welches mit einem Hauch einer braunen Sauce überzogen ist. Schüchtern schaue ich umher und merke, dass ich fast am meisten auf dem Teller habe. Das schlechte Gewissen packt mich. Ich will doch keiner so armen Familie noch am Ende das Festessen zu Weihnachten wegfuttern. Doch als die Familienmutter dann schon allen einen guten Appetit wünscht und beteuert, dass sie hofft, dass es mir schmecken würde und sie wisse, dass es nicht viel sei, aber sie umso lieber mit mir teile, kann ich das Essen auch nicht mehr ablehnen.

So lasse ich es mir schmecken, lobe die Koch-
künste, denn es schmeckt wirklich gut, und achte
darauf, das Essen nicht zu sehr in mich hineinzu-
schlingen. Schlussendlich helfe ich beim Abräu-
men und beim Abwasch, auch wenn es den
Eltern gar nicht recht war. Nach dem Essen fragt
mich die Mutter, ob ich vielleicht Kleider von ihr
ausleihen möchte. Da merke ich, dass ich ja die
ganze Zeit immer noch in meinem Schlafanzug
gewesen bin. Ich erröte und nehme das Angebot
dankbar an. Die Kleider der Familienmutter sind
mir etwas zu groß und sind auch nicht unbedingt das, was ich normalerweise anziehen würde. Aber ich bin froh, endlich normale Kleidung
anzuhaben und bedanke mich bei ihr. Kaum
umgezogen, stürmen die drei Kinder ins Zimmer
und zerren mich vors Haus. Wir bauen einen
Schneemann, machen eine Schneeballschlacht
und es macht mehr Spaß, als ich mir eigentlich
eingestehen will. Ich nehme mir vor, dass ich das
Zuhause auch mal wieder zu machen. Dann werden wir von den Eltern wieder hereingerufen.
Bescherung! Geschenke werden ausgetauscht.

Alles was in dieser Familie geschenkt wird, sind Dinge, die man wirklich gebrauchen kann: Socken, Handtücher, einen Kochtopf, ein Bilderbuch für den Kleinsten etc. Ich habe das dringende Bedürfnis, auch etwas zu schenken, aber weiß beim besten Willen nicht was. Und das Schlimmste ist, dass die Familienmutter plötzlich aufsteht und mir ein paar selbstgestrickte Socken in die Hand drückt.

»Die sind leider nicht verpackt, aber ich habe sie vorhin noch fertig gestrickt. Ich hoffe, sie gefallen dir?«, fragt sie.

»Ja! Sie sind wundervoll!«, freue ich mich. Ich bedanke mich herzlich und mein schlechtes Gewissen steigt und steigt. Diese Familie ist so unglaublich lieb zu mir, obwohl sie mich überhaupt nicht kennt. Ich meine, ich störe sie an Weihnachten und sie schenken mir´etwas? Das ist ungewohnt. Ich kann eine kleine Träne nicht unterdrücken. Dann denke ich an Zuhause und frage mich, ob sich meine Familie wohl langsam große Sorgen macht? Es ist schon beinahe Abend und der Telefonreparateur ist immer noch nicht aufgetaucht. Obwohl ich mich unglaublich wohl fühle bei dieser liebenswerten Familie, merke ich auch, wie ich meine eigene vermisse. Langsam wird es Abend und die Familie macht sich mit mir zusammen auf den Weg zum Weihnachtsbaum in der Dorfmitte. Noch ist er ziemlich kahl., aber mit der Zeit hängen immer mehr Gegenstände an der schönen Tanne. Es wird fast alles aufgehängt: Girlanden, bunte Schals, vereinzelte Kugeln, verschieden Bänder oder Halstücher, Bilder an dünnen Schnüren befestigt und vieles mehr.

Da kommt mir eine plötzliche Idee. Ich frage die Gemeinde, ob jemand eine Schere bei sich trägt. Bereitwillig wird mir eine Schere gereicht. Verwundert schauen mich die Dorfbewohner an. Meine Geschichte hatte sich schon längst herumgesprochen, doch sie wussten ja eigentlich noch nichts von mir. Ich nutze die Gelegenheit, um mich endlich, so gut es eben geht, für alles, was dieses Dorf und vor allem auch diese wundervolle Familie mir an diesem Tag gezeigt und geschenkt hatte, zu revanchieren. Mit einem entschlossenen ›schnipp‹ schneide ich mir meine langen Haare ab und lege die Strähnen über den Weihnachtsbaum. So übel sieht das gar nicht aus, denke ich mir.

Lächelnd drehe ich mich um und sehe die Elfe vor mir flattern: »Na geht doch!«

›Puff.‹ Ich schlage die Augen auf und liege in meinem Bett.

»Asyra! Kommst du nun endlich? Deine Großmama ist schon längst da und das Essen ist auch bald fertig«, ertönt die Stimme meiner Mutter.

Verwirrt fasse ich an meinen Hinterkopf. Die Haare sind noch da. Habe ich das nur geträumt? Ich weiß es nicht. Aber ich weiß, dass sich einiges ändern wird. Ja, der Geist der Weihnacht ist wirklich in mein Herz gelangt. Es ist nicht wichtig, an was man glaubt, es ist auch nicht wichtig, dass es ein christliches Fest ist. Es ist wichtig, sich an seine guten Seiten zu halten, sich zu erinnern, was einem im Leben wirklich etwas bedeutet. Es ist wichtig liebende Menschen um sich zu haben und ihnen auch mal wieder zu zeigen, wie wichtig sie einem sind. Idealerweise sollte man das wohl jeden Tag tun, aber zur Weihnachtszeit erinnern wir uns wenigstens mal wieder daran. Es ist eigentlich ein Tag wie jeder andere, nur mit mehr Liebe auf dieser Welt. Es geht nicht um die Geschenke, sondern es geht ums Lächeln. Es geht nicht um die Lieder oder das Essen, sondern um die Gemeinsamkeit. Ja, Weihnachten ist wirklich ein Fest der Liebe. Eines von vielen. Eines, welches mir wieder etwas bedeutet. Eines das ich feiern will. Danke liebe Elfe und frohe Weihnachten!

❧ Nachwort ❧

Im Nachwort möchte ich ein paar Dankesworte aussprechen. Ich möchte meiner Familie, meinen Freunden und meinem Liebsten danken, ohne euer Zuspruch und eure Unterstützung wäre dieses Projekt nie entstanden und vor allem nie fertig geworden. Zudem möchte ich meinen hervorragenden Testlesern danken, die fleißig alle Fehlerteufelchen herauskorrigiert haben und mir geholfen haben, die Geschichten noch schöner zu gestalten.

Ein Buch zu schreiben war schon lange ein Traum von mir und mit den Weihnachtsgeschichten, die über Jahre entstanden sind, habe ich ein wundervolles Erstlingswerk erschaffen. Ich bin unheimlich stolz darauf und hoffe, dass euch die Geschichten und das Buch ebenso gefallen, wie mir.

In Zukunft möchte ich diesem Hobby, dem Schreiben und Erfinden von Geschichten, wieder mehr Aufmerksamkeit widmen. Wer mehr über meine zukünftigen Projekte erfahren möchte, darf gerne meine Autorenhomepage besuchen oder mir auf den gängigen Social Media Plattformen folgen.

Zum Schluss möchte ich noch allen Danken, die dieses Buch gekauft, bewertet, rezensiert, geteilt, gelesen oder verschenkt haben. Ihr unterstützt mich damit, Ihr helft mir, meiner Leidenschaft nachzugehen und neue Projekte zu starten. Danke, dass es Euch gibt, danke, dass Ihr seid, wie Ihr seid, und mir helft zu werden, wie ich gerne sein möchte.

❄ ENDE ❄

,